बेंजामिन फ्रैंकलिन

एक ऐसा व्यक्तित्व जो राष्ट्रपति होते हुए भी
कभी राष्ट्रपति नहीं बने

A Happy Thoughts Initiative

बेंजामिन फ्रैंकलिन

© Tejgyan Global Foundation

प्रथम संस्करण : जून 2018
रीप्रिंट : जनवरी 2020
संपादन : तेजज्ञान ग्लोबल फाउण्डेशन, पुणे
संपादक : संजय भोला 'धीर'
प्रकाशक : वॉव पब्लिशिंग्स प्रा. लि., पुणे

ISBN : 978-93-87696-28-0

All Rights Reserved 2018.

Tejgyan Global Foundation is a charitable organization with its headquarters in Pune, India.

सर्वाधिकार सुरक्षित

इस पुस्तक के कॉपीराईट्स तेजज्ञान ग्लोबल फाउण्डेशन के साथ आरक्षित हैं तथा प्रकाशन अधिकार विशेष रूप से वॉव पब्लिशिंग्ज् प्रा.लि. को सौंपे गए हैं। यह पुस्तक इस शर्त पर विक्रय की जा रही है कि प्रकाशक की लिखित पूर्वानुमति के बिना इसे व्यावसायिक अथवा अन्य किसी भी रूप में उपयोग नहीं किया जा सकता। इसे पुनः प्रकाशित कर बेचा या किराए पर नहीं दिया जा सकता तथा जिल्दबंद या खुले किसी भी अन्य रूप में पाठकों के मध्य इसका परिचालन नहीं किया जा सकता। ये सभी शर्तें पुस्तक के खरीददार पर भी लागू होंगी। इस संदर्भ में सभी प्रकाशनाधिकार सुरक्षित हैं। इस पुस्तक का आंशिक रूप में पुनः प्रकाशन या पुनः प्रकाशनार्थ अपने रिकॉर्ड में सुरक्षित रखने, इसे पुनः प्रस्तुत करने की प्रति अपनाने, इसका अनूदित रूप तैयार करने अथवा इलेक्ट्रॉनिक, मैकेनिकल, फोटोकॉपी और रिकॉर्डिंग आदि किसी भी पद्धति से इसका उपयोग करने हेतु समस्त प्रकाशनाधिकार रखनेवाले अधिकारी तथा पुस्तक के प्रकाशक की पूर्वानुमति लेना अनिवार्य है।

© All rights reserved

Disclaimer : Although the editors have made every effort to ensure that the information in this book was correct at the time of printing, the editor and publisher do not assume and hereby disclaim any laibility to any party for any loss, damage or disruption caused by errors or omissions, whether such errors or omissions result from negligence, accident, or any other cause.

BENJAMIN FRANKLIN

by Tejgyan Global Foundation

समर्पण

बेंजामिन फ्रैंकलिन
छापनेवाले
का
यह शरीर
घिसे हुए अक्षर और फटी अनुक्रमणिकावाली
पुराने पट्ठे की पुस्तक की भाँति
कीड़ों की खुराक के तौर पर
यहाँ पड़ा है।
फिर भी यह पुस्तक कहीं खो जानेवाली नहीं है।
कारण
यह विश्वास है कि वह
नए और सुशोभित संशोधन
के साथ
शीघ्र ही प्रकाशित होगी।

(समाधि स्तंभ पर अंकित शब्द)

॥ बहुआयामी जीवन यात्रा ॥

	भूमिका	07
	एक पुस्तक प्रेमी की कहानी - प्रस्तावना	11
01	सर बेंजामिन का जीवन युवाओं के लिए पथप्रदर्शक	17

खण्ड १ बेंजामिन का बचपन — 23

02	बेंजामिन का परिवार	25
03	बचपन व शिक्षा	28

खण्ड २ प्रिंटिंग प्रेस और बेंजामिन — 33

04	प्रिंटिंग प्रेस से कार्य की शुरुआत	35
05	वाद-विवाद से मुक्ति	39
06	सीखने की लगन	42
07	'न्यू इंग्लैंड कूरेंट' का प्रकाशन	46
08	बेंजामिन का संघर्षमय प्रवास	51
09	धोखे के बावजूद उम्मीद कायम	57
10	लंदन में कार्य	64
11	फिलाडेल्फिया में वापसी	69
12	सद्गुणों का विस्तार	74
13	कीमर से मतभेद	78
14	बेंजामिन और मेरिडिथ की साझेदारी	82
15	पेंसिल्वेनिया गजट - समाचार पत्र	87
16	पुस्तकालय की स्थापना	93
17	गरीब रिचर्ड - वार्षिक कैलेंडर	97

| 18 | बेंजामिन और डेबोरा का वैवाहिक जीवन | 101 |

खण्ड ३ सामाजिक और राजनीतिक जीवन दर्शन — 105

19	जनरल असेंबली में नियुक्ति	107
20	बेंजामिन की युद्धनीति	113
21	सामाजिक कार्यों में योगदान	117
22	डाक विभाग में नियुक्ति	121
23	डॉक्टर की उपाधि से सम्मान	123
24	पुत्री का विवाह और पत्नी से वियोग	126
25	पेंसिल्वेनिया में राष्ट्रपति	128
26	अंतिम समय	133

खण्ड ४ बेंजामिन फ्रैंकलिन के आविष्कार — 137

27	बेंजामिन स्टोव	139
28	लाइट कंडक्टर	141
29	बेंजामिन के छोटे मगर असरदार आविष्कार	145

परिशिष्ट — 153

01	स्मृति चिन्ह	155
02	बेंजामिन के अनमोल विचार	157
03	गुणों का ख़ज़ाना	159
	तेजज्ञान फाउण्डेशन की जानकारी	165-176

भूमिका

'जो मनुष्य साहसी है, वह राजा के निकट खड़ा होगा,
निम्न श्रेणी के लोगों के बीच नहीं।'

बाल्यकाल में पिता द्वारा कहा गया सोलोमन का यह वाक्य बेंजामिन फ्रैंकलिन के मस्तिष्क पर इस प्रकार छा गया कि एक समय ऐसा आया जब वे राजाओं के साथ खड़े ही नहीं हुए बल्कि उनके साथ बैठकर राजनीतिक विषयों पर विचार-विमर्श भी करने लगे थे। जबकि उन्हें अन्य बालकों की तरह किसी पाठशाला में जाकर शिक्षा ग्रहण करने का अवसर नहीं मिला। किंतु स्वाध्याय के बल पर उन्होंने स्वयं को इस योग्य बना लिया कि बड़े से बड़े विद्यालयों तथा विश्वविद्यालयों से उच्च शिक्षा प्राप्त इंसान भी उनकी समानता नहीं कर सकता था।

बेंजामिन एक ऐसे परिवार में पैदा हुए थे, जहाँ उनसे बड़े 16 भाई व बहन थे। उनका जन्म 17 जनवरी सन् 1706 को अमेरिका के बोस्टन शहर में हुआ था। वे अपने पिता की दूसरी पत्नी से पैदा हुए बालक थे। उनके पिता जोसाया फ्रैंकलिन साबुन व मोमबत्ती बनाने का छोटा सा व्यवसाय करते थे। माता अबिया फ्रैंकलिन बहुत ही साधारण महिला थीं, जो बड़े प्रेम से अपने बच्चों का पालन-पोषण करतीं। इतने बड़े परिवार में पैदा होने के कारण स्कूली शिक्षा का तो सवाल ही पैदा नहीं होता था। अत: प्रारंभिक शिक्षा के पश्चात उन्होंने स्वाध्याय से ही अपने आपको समाज में सिर उठाकर चलने लायक बनाया। बेंजामिन ने प्रिंटिंग प्रेस के मामूली से व्यवसाय में अपने भाई के साथ काम सीखा तथा एक दिन ऐसा आया कि वे 'पेंसिल्वेनिया गजट' जैसे समाचार पत्र के मालिक बन गए। यह उनके कम खर्चे में काम करना, कार्य करने की सच्ची लगन तथा सशक्त चरित्र का ही परिणाम था। (पेंसिल्वेनिया गजट के बारे में अध्याय 15 में विस्तार से पढ़ें।)

बेंजामिन ने व्यवसाय के लिए लंदन जैसे शहर में जाकर ठोकरें

खाईं। एक मज़दूर की भाँति कार्य किया, जिसका न तो कोई रहने का ठिकाना था और न ही रात को सोने का। वे दिनभर मज़दूरी करते, सड़कों पर अखबार बेचते तथा अपनी आजीविका के लिए दौड़धूप करते। प्रिंटिंग प्रेस का काम सीखने के पश्चात उन्होंने अनेकों प्रिंटिंग प्रेस में कार्य किया। उनमें लेखन कला बचपन से ही थी। समय के साथ-साथ वह भी इतनी विकसित होती चली गई कि वे स्वयं ही पुस्तकों, समाचार पत्रों का संपादन व प्रकाशन करने लगे।

उनकी चारित्रिक विशेषता में जिस बात का जिक्र किया जाए, वह कम है। वे सदा तत्वज्ञान की खोज में जुटे रहते। ऐसा कोई विषय नहीं था, जिसमें उनकी रुचि न रही हो। लेखन, कला, संगीत, विज्ञान, यात्रा, देश सेवा, मुद्रण, व्यंग्य, राजनीति, विचार व आविष्कार तथा सैनिक कौशल आदि कुछ ऐसे क्षेत्र हैं, जिनमें बेंजामिन ने ऐसे महत्वपूर्ण कार्य किए कि समस्त विश्व उन्हें अपना आदर्श मानता है। उनके द्वारा अनेक वैज्ञानिक आविष्कारों ने जन्म लिया, जिनमें बायोफोकल चश्मा, ओडोमीटर, कमरा गरम करने का स्टोव, तड़ितचालक यंत्र, थर्मामीटर, विद्युत संबंधी कई प्रयोग, गल्फ स्ट्रीम का नक्शा, नकली बाजू, ग्लास आर्नोमिका, तैरने के लिए नकली पंख तथा पतंग परीक्षण आदि उल्लेखनीय हैं। उनके इन आविष्कारों ने उस समय वैज्ञानिक जगत में तहलका मचा दिया था।

पुस्तकालय खोलने तथा उसके द्वारा पुस्तकें वितरित करने की योजना का श्रीगणेश उन्हीं के द्वारा संभव हो सका। रोज़ाना प्रात:काल गलियों व सड़कों की सफाई की योजना भी उनके द्वारा ही शुरू की हुई थी। इसके अतिरिक्त समाचार पत्रों में कार्टूनों का छपना भी उनके कारण संभव हो सका। साथ ही व्यापार के लिए विज्ञापन देने की रीति भी उनकी ही चलाई हुई है। वर्तमान अमेरिकी डाक व्यवस्था की जो स्थिति है, वह भी उनके प्रयासों का ही परिणाम है। रासायनिक विधि से खाद बनाने का तरीका भी उनका ही सुझाया हुआ है। विभिन्न छोटे प्रांतों को एकीकृत करके उन्हें एक विशाल नगर के रूप में स्थापित करने का श्रेय भी बेंजामिन को ही जाता है।

वास्तव में जनता की जितनी भलाई उनके हाथों हुई, शायद ही किसी दूसरे के हाथों से हुई हो। उनकी उन्नति का मूल मंत्र लोक चतुरता थी। लेकिन यहाँ पर लोक चतुरता का अर्थ स्वयं का स्वार्थ पाना, ऐसा नहीं है। लोक चतुरता यानी ऐसा सार्वजनिक कार्य जिसमें सच्ची लगन, चतुराई, धार्मिकता, परिश्रम, बचत तथा संयम है, जिनके सहारे सदा सम्मान, मानसिक आनंद तथा स्वतंत्रता जैसे परिणाम सामने आते हैं।

बेंजामिन फ्रैंकलिन ने अपने दृढ़ संकल्प व नैतिकता के गुणों के आधार पर यह साबित कर दिया था कि मनुष्य चाहे कैसी भी अवस्था में क्यों न हो, वह मनुष्यजाति के लिए बड़े से बड़ा कार्य कर सकता है। उनकी इसी चारित्रिक विशेषता के कारण ही उन्हें 'अमेरिका का जनक' माना जाता है।

प्रस्तुत पुस्तक उनके जीवन से जुड़े कुछ ऐसे ही विभिन्न पहलुओं पर प्रकाश डालती है।

धन्यवाद

– संजय भोला 'धीर'

बेंजामिन फ्रैंकलिन

प्रस्तावना

एक पुस्तक प्रेमी की कहानी

एक शांत कमरा, ढेर सारी किताबें, कई सारे लोग फिर भी चारों ओर शांति ही शांति... कुछ याद आया? जी हाँ! यहाँ पर किताबों से भरे एक ऐसे कमरे की बात हो रही है, जिसे 'पुस्तकालय' कहा जाता है। हर पुस्तक प्रेमी का सबसे बड़ा आकर्षण होता है, पुस्तकालय। प्रस्तुत पुस्तक में एक पुस्तक प्रेमी के जीवन की कहानी बताई गई है। उनका नाम है- 'बेंजामिन फ्रैंकलिन।'

बेंजामिन फ्रैंकलिन न केवल एक पुस्तक प्रेमी बल्कि संयुक्त राज्य अमेरिका के संस्थापक जनकों में से एक थे। वे राजनीतिज्ञ ही नहीं, एक लेखक, व्यंग्यकार, वैज्ञानिक, आविष्कारक, सैनिक, लीडर एवं सामाजिक कार्यकर्ता भी थे। एक वैज्ञानिक के रूप में उन्होंने बिजली की छड़, बाईफोकल्स, फ्रैंकलिन स्टोव, एक गाड़ी के ऑडोमीटर और ग्लास आर्मोनिका का आविष्कार किया।

बेंजामिन फ्रैंकलिन को अमेरिका के जीवन-मूल्यों और चारित्रिक गुण निर्माता के रूप में सम्मान दिया जाता है। बेंजामिन उन तमाम लोगों का प्रतिनिधित्व करते हैं, जो अपने जीवन में सदाचार के प्रति गहरा झुकाव रखते हैं और साथ ही साथ अपने जीवन के सिद्धांतों को कार्यरूप में लाने के लिए जी-जान से लगे रहते हैं। एक व्यावहारिक जीवनशैली, दोस्तों संबंधियों के साथ संबंधों में उतार-चढाव, व्यवसाय की सावधानियाँ, लेखन एवं अध्ययन के प्रति बचपन से गहरी अभिरुचि, धार्मिक विचारों के प्रति आस्था एवं उन सबसे बढ़कर कुछ निर्माण करने की चाह बेंजामिन फ्रैंकलिन को दूसरों से खास बनाती है। उनका संपूर्ण जीवन ही प्रेरणा का स्रोत है।

प्रस्तुत पुस्तक में बेंजामिन फ्रैंकलिन के जीवन की कई प्रेरणादाई घटनाओं का वर्णन करने का प्रयास किया गया है। बेंजामिन फ्रैंकलिन

के जीवन से हमें प्रेरणा मिलती है कि कैसे एक आम आदमी सामान्य परिस्थितियों में भी सफलता के शिखर तक पहुँचता है।

अपनी उम्र के बारह साल में बेंजामिन ने प्रिंटिंग के व्यवसाय में एक प्रशिक्षु के रूप में कदम रखा। इस व्यवसाय की पूरी जानकारी उन्होंने हासिल कर ली और प्रिंटिंग से संबंधित सारी बातें उन्होंने जल्द ही सीख ली। इससे समझ में आता है कि उनमें सीखने की लगन कितनी थी। आज जिस उम्र में बच्चे अपने स्कूल-कॉलेज की पढ़ाई पूरी कर रहे हैं, उसी उम्र में बेंजामिन ने अपने व्यवसाय की बारीकियों को ध्यान से सीखा और समझा। अपने घर की आर्थिक परिस्थिति के कारण वे केवल दो साल तक ही स्कूल जा पाए। लेकिन ज्ञान अर्जित करने के लिए उन्होंने नई-नई किताबों को पढ़ना आरंभ कर दिया। जीवन के अंतिम साँस तक उनकी पुस्तकों के प्रति रुचि कम न हुई। अपने जीवन में स्वअध्ययन से उन्होंने कई अन्य भाषाओं का ज्ञान भी प्राप्त किया। बेंजामिन फ्रैंकलिन के जीवन से हमें यह सीख मिलती है कि जिसमें सीखने की सच्ची लगन है, उसकी राह में कोई विपरीत परिस्थिति बाधा नहीं बन सकती।

प्रिंटिंग प्रेस में अपने बड़े भाई के साथ हो रहे विवादों के चलते उन्होंने अपना एक अलग अस्तित्व बनाने के लिए घर-परिवार छोड़ दिया और न्यूयॉर्क के लिए रवाना हो गए। अपने परिवार और शहर से मिलों दूर जाकर, बिना किसी जान-पहचान के भी बेंजामिन ने अपनी कड़ी मेहनत और लगन से फिलाडेल्फिया जैसे शहर में अपना खुद का एक प्रिंटिंग प्रेस स्थापित किया। हालाँकि इस संघर्षमय जीवन में उन्हें कुछ लोगों से धोखा भी मिला, लेकिन परिस्थिति से विवश होकर उन्होंने कभी हार नहीं मानी। उनके पास हर समस्या का हल होता था। उनके जीवन की मुख्य बात यह है कि संघर्ष के दौर में भी उन्होंने कभी अपने सिद्धांतों के साथ समझौता नहीं किया।

बेंजामिन के जीवन से हमें अपने जीवन के सिद्धांतों के साथ चलने की प्रेरणा भी मिलती है। वरना देखा जाए तो इंसान को यदि बहुत सारे पैसे मिल जाएँ तो वह अपने सिद्धांत भूल जाता है और गलत राह पर

चलने लगता है। एक इंसान के जीवन में सिद्धांतों का क्या महत्त्व होता है, यह बेंजामिन के जीवन से हमें समझ में आता है।

नए शहर में आकर भी बेंजामिन को लोगों का खूब साथ मिला क्योंकि उनका स्वभाव ही ऐसा था कि वे जल्द ही लोगों में घुल-मिल जाया करते थे। अपनी बातों से सामनेवाले का दिल जीतना उन्हें बखूबी आता था। कई सारे लोगों की नज़रों में बेंजामिन एक विश्वसनीय इंसान थे और ये विश्वसनीयता उन्होंने आजीवन कायम रखी।

निरंतर विकास की राह पर चल रहे बेंजामिन ने अपने साथ कार्य करनेवाले कर्मचारियों के विकास पर भी पूरा ध्यान दिया। अपने आत्मबल से प्रिंटिंग के व्यवसाय से संबंधित जितनी भी नई-नई बातें उन्होंने सीखी थीं, वे सब उन्होंने अपने कर्मचारियों को भी सिखाईं। बेंजामिन के अनुसार 'निठल्ला रहना दुनिया की सबसे बड़ी गलती है।' जो निठल्ला रहता है यानी दिनभर कोई काम नहीं करता, उससे गलतियाँ कैसे होंगी? जो इंसान नया काम करता है, उससे गलतियाँ होती हैं और वह उन गलतियों से सबक भी सीखता है। बेंजामिन हमेशा नई-नई बातें सीखने के लिए लोगों को प्रेरित किया करते थे।

प्रिंटिग प्रेस में स्थिरता प्राप्त होने के पश्चात बेंजामिन के मन में लोकहित में कार्य करने के विचार आ रहे थे। बेंजामिन फ्रैंकलिन के द्वारा अमेरिका में पहले सार्वजनिक पुस्तकालय का निर्माण हुआ। इसके साथ ही सार्वजनिक अग्निशमन विभाग, डाकघर और कई अन्य योजनाओं पर कार्य करके उन्हें लोकहित के लिए जारी करवाया। अपने जीवनकाल में बेंजामिन ने हमेशा सुधार की माँग की। लोगों की छोटी-छोटी ज़रूरतों को उन्होंने पहचाना और उन पर कार्य किया। जैसे कि उस समय उन्होंने लोगों की सुविधाओं को देखते हुए स्कूल, कॉलेज और अस्पताल बनवाए। हालाँकि उन्हें ये सब कार्य करने की आवश्यकता नहीं थी क्योंकि अपने व्यवसाय से उन्हें अपार धनराशि की प्राप्ति हुई। अगर वे चाहते तो आराम से अपना जीवन अपने परिवार के साथ बिता सकते थे, लेकिन उनका जीवन केवल एक परिवार तक सीमित नहीं था। उनके

लिए तो सारे लोग उनका ही परिवार थे। बेंजामिन के सामाजिक कार्यों से, नई-नई योजनाओं से, आविष्कारों से और उनके क्रांतिकारी विचारों से आज तक लोगों के जीवन में परिवर्तन होता आ रहा है।

बेंजामिन के मन में अपना-पराया या ऊँच-नीच जैसे भेदभाव के विचार नहीं थे। वे तो सबको अपने जैसा ही मानते थे और हर किसी के साथ, चाहे कोई नौकर हो या उनका ही विरोधी हो, एक समान व्यवहार किया करते थे। बेंजामिन फ्रैंकलिन अपनी वैज्ञानिक जिज्ञासा, सफल राजनीति और सामाजिक बदलावों के कारण अमेरिका के इतिहास में एक प्रभावशाली नायक रूप में आज भी याद किए जाते हैं।

बेंजामिन फ्रैंकलिन का बहुआयामी व्यक्तित्व सदियों से लोगों को प्रेरणा देता रहा है। कैसे एक साधारण परिवार में पैदा हुआ बालक, स्वअध्ययन से अपने भीतर गुणों का विकास करता है और सदाचार से जीवन जीने के लिए लोगों को प्रेरणा देता है। विभिन्न उच्च सरकारी पदों पर पहुँचकर भी उनके भीतर अहंकार का अंश भी नहीं है। केवल जनसाधारण के लिए समाज सेवा करना, उनके जीवन का मूलमंत्र था।

बेंजामिन फ्रैंकलिन के बारे में कहा जाता है कि 'बेंजामिन संयुक्त राज्य अमेरिका के एकमात्र ऐसे राष्ट्रपति थे, जो कभी संयुक्त राज्य अमेरिका के राष्ट्रपति नहीं थे।' अर्थात अमेरिका के राष्ट्रपति न बनकर भी उन्होंने वे सारे कार्य किए, जो एक राष्ट्रपति को करने होते हैं। उनके कार्य का अंदाजा इस बात से लगाया जा सकता है कि देशभर में उनकी सैकड़ों प्रतिमाएँ लगी हुई हैं। अमेरिकन डॉलर, पदकों और डाक टिकटों पर बेंजामिन के चित्र आज भी छापे जाते हैं। अमेरिका के कई सारे पुल, स्कूल, कॉलेजेस, अस्पताल और संग्रहालय बेंजामिन के नाम पर हैं। यूँ ही किसी को ऐसी ख्याति प्राप्त नहीं होती। बेंजामिन ने अपने जीवन में धन से भी अधिक लोगों की दुवाएँ और खुशियाँ प्राप्त की हैं।

बेंजामिन फ्रैंकलिन का अधिकतर समय फिलाडेल्फिया शहर में ही बीता। यहीं से उन्होंने अपने जीवन की नई शुरुआत की थी और एक बड़ा मुकाम हासिल किया था। अपने जीवन का आखिरी समय भी बेंजामिन ने

फिलाडेल्फिया में ही बिताया और अंतिम क्षण तक वे सरकार को अपनी सेवाएँ देते रहे। इससे समझ में आता है कि बीमारी या बुढ़ापा उनके कार्य में बहाना नहीं बने। अपने विचारों से उन्होंने उस समय एक बड़ी क्रांति लाई थी। एक इंसान के जीवन से किसी देश में क्रांतिकारी परिवर्तन हो सकता है, तो सोचें कि यदि हम भी ऐसे इंसान के जीवन चरित्र पढ़ें और उनके गुणों को अपने जीवन में उतारें तो हमारे जीवन में निश्चित रूप से सकारात्मक परिवर्तन हो सकता है।

प्रस्तुत पुस्तक पढ़कर सभी का जीवन बेंजामिन के विचारों से सराबोर हो, यही शुभकामना...।

माँ के साथ नन्हा बेंजामिन

1

सर बेंजामिन का जीवन

युवाओं के लिए पथ-प्रदर्शक

एक दिन बेंजामिन फ्रैंकलिन ने अपने घर में एक प्रयोग करके देखा। उन्होंने अपने घर में मिटट्री के एक बरतन में थोड़ा सा गुड़ रखा और उसे घर के एक कोने में रख दिया। थोड़ी ही देर में उन्होंने देखा कि बहुत सी चींटियाँ आकर उस गुड़ को खाने लगी थीं। उन्होंने उस बरतन को खूब जोर से हिलाया ताकि सारी चींटियाँ वहाँ से चली जाएँ। उसके पश्चात उन्होंने उस बरतन को एक रस्सी द्वारा छत से बाँधकर लटका दिया। लेकिन एक चींटी अभी भी गुड़ के साथ चिपकी रह गई थी। वह रस्सी के सहारे छत पर चढ़ी और दीवार से होते हुए नीचे उतर आई। नीचे उतरकर वह अपने घर की ओर गई और फिर से अपने साथ बहुत सी चींटियाँ लेकर आई और सभी दीवार के रास्ते उस बरतन तक पहुँच गईं और गुड़ ले जाने लगीं। वे तब तक चक्कर लगाती रहीं जब तक कि गुड़ समाप्त नहीं हो गया।

दरअसल चींटियों के इस उदाहरण से बेंजामिन ने समस्त युवा वर्ग को एक संदेश दिया है। वे बहुत ध्यान से देख रहे थे कि गुड़ का थोड़ा सा अंश लेने के लिए भी चींटियाँ कितना लंबा रास्ता तय कर रही थीं। उनका सारा कार्य बहुत निष्ठा, तत्परता, लगन और एकता से किया जा रहा था। चींटियों की भाँति सभी युवाओं को भी अपना सारा ध्यान अपने लक्ष्य पर केंद्रित करना है और हर एक के साथ मिलकर कार्य करना है।

बेंजामिन फ्रैंकलिन यह नाम ही अपने आपमें एक प्रेरणास्रोत है। आज के आधुनिक युग में युवाओं को मार्गदर्शन पाने के लिए कई सारे रास्ते हैं। स्कूल की पढ़ाई पूरी होने के पश्चात भविष्य में क्या करना है, इस विषय पर मार्गदर्शन देने के लिए कई सारे व्याख्यान सत्र आयोजित किए जाते हैं। लेकिन सोचकर देखें कि एक साधारण परिवार में पैदा

हुए लड़के ने अपनी स्वयं प्रेरणा से कार्य करके, स्वयं को इस काबिल बनाया कि वे अमेरिका जैसे बलाढ्य देश के संस्थापक जनकों में से एक कहलाए।

आप सोच रहे होंगे कि आज के जमाने में तो बिना मार्गदर्शन के ऐसी उच्च सफलता पाना असंभव है। मगर बेंजामिन ने अपने जीवन में ऐसी हर असंभव लगनेवाली बात को संभव बनाया है। बिना किसी उच्च शिक्षा के भी बेंजामिन ने अपने जीवन में सफलता का एक मुकाम हासिल किया है। उनके लिए स्कूल की शिक्षा न मिलना कभी बाधा नहीं बना। अपने परिवार की आर्थिक स्थिति के कारण वे महज दो साल तक ही स्कूल जा पाए थे। आज के जमाने में स्कूल के दो साल यानी ज्यूनियर के.जी. या फिर दूसरी कक्षा मान सकते हैं। तो फिर सोचकर देखें कि इतनी कम पढ़ाई मिलने के बावजूद बेंजामिन फ्रैंकलिन भविष्य में एक प्रोफेसर बनें और विद्यार्थियों को शिक्षा दी। इसके साथ ही 'डॉक्टर' की उपाधि से भी उनका सम्मान हुआ।

उनके जीवन से समझ में आता है कि सफलता का शिखर पाने के लिए यह आवश्यक नहीं है कि हर किसी ने उच्च शिक्षा प्राप्त की हो। सीखने की लगन- यह बेंजामिन का ऐसा गुण है, जिससे उन्होंने लैटिन जैसी अन्य भाषाओं में भी महारत हासिल की। इसके लिए उन्होंने कोई कोर्स नहीं किया। जबकि आज ऐसी सुविधा उपलब्ध है कि आप जो भी भाषा सीखना चाहते हैं, उसके लिए कई सारे क्लासेस और कोर्स लिए जाते हैं।

बेंजामिन के जीवन से हमें यह सबक मिलता है कि अगर आपमें सीखने की सच्ची लगन है तो आप जीवन में आई हर बाधा को पार करते हुए सफलता के आसमान को छू सकते हैं। बेंजामिन के लिए कोई भी कार्य छोटा या बड़ा, निम्न या उच्च नहीं था। नई-नई बातें सीखना जैसे उनका जुनून ही था। उन्होंने प्रिंटिंग प्रेस में बतौर कर्मचारी भी कार्य किया और विज्ञान के विषय का कोई ज्ञान न होने के बावजूद भी उन्होंने बड़े-बड़े आविष्कार किए। आज हर युवक बेंजामिन के गुणों

का अनुसरण करके अपने जीवन में महान बन सकता है। लेकिन यह सोचनेवाली बात है कि आज का युवक किन बातों का अनुसरण कर रहा है। केवल पैसा कमाने के लिए और सुख-सुविधावाला जीवन जीने के लिए वह कई बार गलत कार्य भी करता है और गलत लोगों की संगत में पड़ जाता है। बेंजामिन का मानना था कि पैसों से आज तक किसी को खुशी नहीं मिली और न ही मिलेगी, जितना अधिक व्यक्ति के पास पैसा होता है, वह उससे कहीं अधिक चाहता है। पैसा रिक्त स्थान को भरने के बजाय शून्यता को पैदा करता है। इसलिए कभी भी केवल पैसा कमाने को ही अपने जीवन का लक्ष्य न बनाएँ।

जिस उम्र में आज के युवा अपनी कॉलेज की शिक्षा ले रहे होते हैं, उसी उम्र में यानी महज 17 वर्ष की आयु में बेंजामिन ने अपना स्वतंत्र अस्तित्व बनाने के लिए अपना परिवार छोड़ा और न्यूयॉर्क जैसे बड़े शहर में गए। आज भी युवा अपना करियर बनाने के लिए अपने गाँव से दूर शहर में आकर बसते हैं। कुछ युवा पैसा कमाकर अमीर बन जाते हैं तो कुछ शहर की चकाचौंध को देखकर उसकी मायानगरी में उलझ जाते हैं, अपना लक्ष्य भूल जाते हैं। बेंजामिन भी बड़े शहर में आए मगर अपना लक्ष्य कभी न भूले। वे अपनी स्वयं की प्रिंटिंग प्रेस स्थापित करना चाहते थे। अपने अनुभवों से सबक सीखते हुए वे निरंतर आगे बढ़ रहे थे।

जीवन यात्रा में उन्हें कई सारे नकारात्मक अनुभव भी आए लेकिन वे कभी मायूस होकर अपने लक्ष्य से दूर नहीं गए। बेंजामिन की भाँति हर युवक को अपनी असफलता से सबक लेकर आगे बढ़ना चाहिए, न कि जीवन से हार माननी चाहिए। आज के जमाने में उस समय के मुकाबले मनोरंजन के कई सारे साधन हैं, जो उन्हें लक्ष्य से भटका सकते हैं। हर युवा को अपने जीवन की हर परिस्थिति का डटकर सामना करना आना चाहिए। बेंजामिन का मानना है कि ईश्वर उसकी मदद करता है, जो खुद अपनी मदद करता है।

आज की युवा पीढ़ी फिल्मों की दुनिया से आराम और व्यसनयुक्त जीवन जीना सीख रही है। युवा पीढ़ी इतनी गहरी नींद में है कि वह

महापुरुषों के जीवन का अनुसरण करने के बजाय, सही और गलत देखे बिना ही नए फैशन का अंधानुकरण करती है। मोबाइल पर एस.एम.एस. भेजने और कंप्यूटर से चैटिंग करने में युवा पीढ़ी अपना कीमती वक्त गँवा देती है, जो अगर सही कामों में लगता तो उनका जीवन सार्थक बन सकता था। यहाँ भी हम देखते हैं कि युवा अपने संगी-साथियों के व्यवहार की नकल करके गलत राह पर चलने लगते हैं।

महापुरुषों के जीवन चरित्र पढ़कर ही युवा पीढ़ी जागृत हो सकती है। इसके लिए युवाओं में पठन (रीडिंग) की आदत होना आवश्यक है। आजकल बच्चों को स्कूल की किताबें पढ़कर ही बोरियत महसूस होती है तो वे अन्य किताबें कैसे पढ़ पाएँगे? पठन की आदत लगाने के लिए युवाओं के भीतर पुस्तकों के प्रति प्रेम होना आवश्यक है। बेंजामिन ऐसे ही पुस्तक प्रेमी थे, जिन्होंने स्कूल की किताबें नहीं पढ़ीं लेकिन अन्य अलग-अलग लेखकों की पुस्तकें पढ़कर ज्ञान प्राप्त किया और वही ज्ञान उन्होंने प्रोफेसर बनने के बाद विद्यार्थियों को दिया। इस बात से सबक लेकर हर युवा ने अपने खाली समय का उपयोग पुस्तक पढ़ने के लिए करना चाहिए। इसके लिए अपने साथ हमेशा एक पुस्तक तो रखनी ही चाहिए।

बेंजामिन में पलभर में ही सभी को अपना बनाने की कला थी। वे जल्द ही लोगों से घुल-मिल जाया करते थे। उनकी वाणी में इतनी मधुरता होती थी कि सामनेवाला चाहे उनका विरोधी भी क्यों न हो, उनका मित्र बन जाया करता था। वे हमेशा लोक कल्याण के बारे में सोचा करते थे। लोगों के सहयोग के लिए वे हमेशा तत्पर रहते थे। मगर आज की युवा पीढ़ी में बातचीत के कौन से विषय होते हैं - वे चौक में खड़े होकर गॉसिपिंग करते हैं या एक-दूसरे की टाँग खींचकर मज़ाक करते हैं। ऐसी युवा पीढ़ी कैसे आगे बढ़ पाएगी? अगर हर युवक अपने भीतर गुणों का विकास करे तो वह उच्चतम जीवन जी सकता है। युवा अवस्था में बेंजामिन ने हमेशा अपने चरित्र निर्माण पर विशेष ध्यान दिया।

चरित्र एक जलती हुई मशाल की तरह होता है। इसके पावन

प्रकाश में अनेकों को प्रेरणा मिलती है। जिस तरह एक इमारत की मजबूती उसकी नींव से आँकी जाती है, उसी तरह एक इंसान अपने चरित्र से पहचाना और सराहा जाता है। अपने चरित्र निर्माण में बेंजामिन ने कुल 13 गुण निर्धारित किए थे। वे हर सप्ताह एक गुण पर कार्य करते थे। इस प्रकार लंबे और धैर्यपूर्वक प्रयासों के बाद बेंजामिन अच्छा चरित्र निर्माण कर पाए। हर बच्चे का चरित्र पवित्र होता है लेकिन गलत परवरिश, गलत कंपनी, गलत आदतों की वजह से यह दूषित हो सकता है। इसलिए आज की युवा पीढ़ी को अपने जीवन में गलत बातों के प्रति सावधान रहना चाहिए। इसके लिए हमारा सबसे पहला और महत्वपूर्ण काम है, खुद को बदलना।

बेंजामिन ने जीवनभर स्वयं प्रेरणा से कार्य किया और समय अनुसार खुद में परिवर्तन भी किया। उनके जीवन से प्रेरणा लेकर आज की युवा पीढ़ी को भी अपने जीवन में सुधार करना चाहिए। यही शुभेच्छा है कि स्वयं प्रेरित बेंजामिन की यह जीवनी पढ़कर आज की युवा पीढ़ी में जागृति आएगी।

बेंजामिन फ्रैंकलिन और उनका परिवार

खंड 1
बेंजामिन का बचपन

2
बेंजामिन का परिवार

बेंजामिन फ्रैंकलिन विश्व के इतिहास में एक बहुचर्चित नाम है। उन्हें अमेरिकी मूल्यों व चरित्र के आधार पर एक कुशल निर्माता के रूप में जाना जाता है। उनके द्वारा लिखे गए आत्म चरित्र के आधार पर यह बात स्पष्ट हो जाती है कि उन्होंने लोकतंत्र के अनैतिक मूल्यों, बचत के व्यावहारिक तरीकों, कठिन परिश्रम, शिक्षा, सामुदायिक भावना, स्वशासित संस्थानों, राजनीतिक तथा धार्मिक स्वार्थ के विरोध में अपना अमूल्य योगदान दिया और विश्व का मार्गदर्शन किया। उनके जीवन से संबंध रखनेवाली कई घटनाओं से इस बात के अनेक उदाहरण देखने को मिलते हैं कि वे कोई साधारण मनुष्य नहीं थे। उनके जीवन चरित्र से यह बात पूर्ण रूप से स्पष्ट हो जाती है कि कोई मनुष्य किस प्रकार लगातार प्रयत्न करते रहने और कठोर परिश्रम के बल पर सफलता पा सकता है।

बेंजामिन के पिता का नाम जोसाया फ्रैंकलिन था। जोसाया का जन्म 23 दिसंबर सन् 1657 में इंग्लैंड के नार्थहैम्पटनशायर (Northamptonshire) नामक शहर के एक्टॉन (Acton) गाँव में हुआ था। जोसाया के पिता का नाम थॉमस फ्रैंकलिन था जो कि एक लुहार व किसान थे। उनकी माता का नाम जेन व्हाइट फ्रैंकलिन था। जोसाया अपने माता-पिता की नौवीं संतान थे और अपने सभी भाई-बहनों से छोटे थे। उनमें शुरू से ही काम के प्रति बहुत लगन थी। वे उन मेहनती लोगों में से एक थे, जो जीवन में कुछ कर गुज़रने की इच्छा रखते हैं। उन दिनों इंग्लैंड में चार्ल्स द्वितीय (Charles-II) का राज़ था।

कुछ राजनीतिक व धार्मिक उथल-पुथल के कारण जोसाया को सन् 1682 में अमेरिका के वसाहती क्षेत्र में आकर बसना पड़ा। यहाँ आकर वे कपड़ों की रंगाई का काम करते थे। वे अपने कार्य से अतिरिक्त जब भी

थोड़ा सा समय निकालते तो उसे चित्रकारी, संगीत और हस्त-कला में व्यतीत करते। यह उनकी रुचियों में से सबसे मनपसंद कार्य थे। बौद्धिक विषयों तथा जीवन से जुड़े कई जटिल पहलुओं में उनकी सूझबूझ की सराहना की जाती थी। वे अकसर अन्य कार्यों में उपयोग में लानेवाले उपकरणों से छेड़छाड़ करते रहते तथा उनकी कार्यविधि को जानने की कोशिश करते। उनका दिमाग भी जिज्ञासु प्रवृत्ति का था। उनमें हमेशा से ही कुछ न कुछ कर गुज़रने की तमन्ना रहती थी।

जोसाया ने दो विवाह किए थे। उनका पहला विवाह 21 वर्ष की आयु में सन् 1677 में एनी चाइल्ड (Anne Child) नाम की महिला से हुआ। एनी का जन्म सन् 1655 में इंग्लैंड के नार्थहैम्पटनशायर शहर में हुआ था। उनके विवाह के लगभग पहले दो वर्षों में ही तीन संतानें पैदा हो चुकी थीं। इसके बाद जोसाया अपने परिवार को लेकर बोस्टन (Boston) में जा बसे। वहाँ उनका रंगाई का काम नहीं चला तो उन्होंने साबुन और मोमबत्ती बनाने का काम शुरू कर दिया। बहुत ही जल्द उन्हें इस काम से अच्छी आमदनी होने लगी। इसी के साथ उनका परिवार भी बढ़ता गया और उनके घर चार और संतानों ने जन्म लिया। अब जोसाया और एनी की कुल मिलाकर सात संतानें हो गई थी, जिनके नाम क्रमश: एलिजाबेथ (पुत्री), सैमुअल (पुत्र), हैना (पुत्री), जोसाया (पुत्र), एनी (पुत्री), जोसफ (पुत्र) और जोज़ेफ (पुत्र) थे। उनका साबुन और मोमबत्ती बनाने का काम भी खूब चल निकला था। इसी दौरान उनके परिवार को एक गहरा सदमा लगा, जिसमें सात नन्हें बच्चों की माँ एनी इस दुनिया से चल बसी। उस समय उसकी आयु 35 वर्ष और उसके सबसे बड़े बेटे की आयु केवल 11 वर्ष थी। बच्चों के पालन-पोषण और परिवार की देखरेख के लिए जोसाया को एक नए हमसफर की ज़रूरत थी। अत: उन्होंने पुन: विवाह करने का निश्चय किया।

जोसाया ने दूसरे विवाह के लिए अबिया नाम की एक महिला को पसंद किया। उस समय अबिया की आयु 22 वर्ष थी। उसका जन्म 15 अगस्त, सन् 1667 को मैसाचुसेट्ट्स (Massachusetts) के

नैनटकेट नामक द्वीप में हुआ था। उसे इस बात से कोई फर्क नहीं पड़ा कि जोसाया को उसकी पहली पत्नी से सात बच्चे हैं। उसे जोसाया के चरित्र की खूबियों ने अपनी ओर आकर्षित किया और वह उसके साथ विवाह के लिए राज़ी हो गई। अबिया के पिता का नाम पीटर फोज़र (Peter Foulger) और माता का नाम मैरी मोरिल फोजर (Marry Morrill Foulger) था। उसके पिता पीटर इंग्लैंड से आकर बसे हुए लोगों के लिए एक आदर्श थे। वे एक स्कूल में मास्टर थे। उन्हें कई भाषाओं का ज्ञान था और लोग अकसर उनसे कई मामलों में सलाह मशवरा आदि किया करते थे। वे लोगों को संबोधित करने के लिए कुछ सामाजिक विषयों पर लेख भी लिखा करते थे, जिससे लोगों में जागरूकता आती थी। कुल मिलाकर अबिया एक ऊँचे परिवार से संबंध रखती थी। अंतत: नवंबर 1689 को जोसाया और अबिया का विवाह हो गया।

जोसाया से विवाह करने के पश्चात अबिया ने कुल 10 संतानों को जन्म दिया। सभी बच्चों का जन्म बोस्टन में हुआ था। उनके नाम क्रमश: जॉन (पुत्र), पीटर (पुत्र), मैरी (पुत्री), जेम्स (पुत्र), साराह (पुत्री), एबनीजर (पुत्र), थॉमस (पुत्र), बेंजामिन स्वयं (पुत्र), लिडिया (पुत्री) तथा जेन (पुत्री) थे। बेंजामिन उनमें से आठवीं संतान थे। उनका जन्म 17 जनवरी (रविवार) सन् 1706 को हुआ था। उनके जन्म के फौरन बाद उन्हें चर्च ले जाया गया, जहाँ उन्हें दीक्षा दिलाई गई। उनके चाचा के कहने पर ही उनका नाम 'बेंजामिन' रखा गया।

इस प्रकार अब जोसाया और अबिया के परिवार में कुल मिलाकर 17 बच्चे हो गए थे। छोटा घर होते हुए भी उनका परिवार आपसी प्रेम और सौहार्द का जीता जागता उदाहरण था। सभी भाई-बहन हमेशा मिल-जुलकर रहते और माता-पिता के हर काम में उनकी सहायता करते। बेंजामिन के जन्म के कुछ समय पश्चात जोसाया ने अपना घर बदला और वे पहले घर की अपेक्षा एक सुंदर और सुव्यवस्थित घर में आकर रहने लगे। बेंजामिन का बचपन इसी घर में बीता था।

3
बचपन व शिक्षा

एक समय की घटना है। उस समय बेंजामिन की आयु सात वर्ष थी। त्योहार का दिन था और घर में बहुत से मेहमान आए हुए थे। उन मेहमानों से बेंजामिन को कुछ पैसे मिले थे। पैसे लेकर वह फौरन एक खिलौने की दुकान पर गया और वहाँ जाकर कोई खिलौना खरीदने की सोचने लगा। अचानक उसकी नज़र एक सीटी पर पड़ी। जब दुकानदार ने वह सीटी बजाकर दिखाई तो उसे वह बहुत पसंद आई। उसने तुरंत सारे पैसे देकर वह सीटी खरीद ली। घर आने के बाद बड़ी खुशी से वह सारे घर में सीटी बजाते हुए घूमने लगा। जब अपने भाई-बहनों को उसने सीटी की कीमत के बारे में बताया तो उन्होंने कहा, 'अरे! तुम तो बेवकूफ बन गए। दुकानदार ने तुमसे सीटी की बहुत ज्यादा कीमत ली है। इतने पैसों में तो तुम कई अच्छे खिलौने खरीद सकते थे।' इतना कहकर वे सब उसकी नासमझी पर हँसने लगे और उसे मूर्ख कहने लगे। लेकिन अब वह कुछ नहीं कर सकता था। उसे जितनी खुशी सीटी को पाकर हुई थी, उससे कहीं अधिक दुःख उसकी अधिक कीमत देने का हुआ। बचपन में हुई इस घटना के बाद से ही बेंजामिन ने अपने जीवन में यह नियम बना लिया कि कोई भी चीज़ खरीदने से पहले उसके मूल्य की अच्छी तरह से जाँच होने के बाद ही उसे खरीदा जाए।

जोसाया और अबिया के बच्चे जैसे-जैसे बड़े होते गए, उन्हें अलग-अलग तरह के कार्यों के लिए प्रशिक्षण दिया जाने लगा। बेंजामिन के भाइयों को व्यवसायिक कार्यों के लिए विभिन्न संस्थानों में भेजा गया। बेंजामिन जब आठ वर्ष के हुए तो उन्हें ग्रामर (Grammar School) स्कूल में दाखिल कराया गया। उनकी पढ़ने में रुचि को देखते हुए स्कूल के अध्यापकों ने उन्हें एक वर्ष पूरा किए बिना ही अगली कक्षा में भेज

दिया। लेकिन बहुत जल्दी जोसाया ने यह बात समझ ली कि वे आगे चलकर इस प्रकार के महँगे स्कूल तथा कॉलेज का खर्च नहीं उठा पाएँगे। अत: उन्होंने बेंजामिन का स्कूल बदल दिया और उन्हें स्कूल फॉर राइटिंग एंड अर्थमेटिक्स (School for Writing & Arithmetics) में दाखिल करा दिया। इस स्कूल में उनकी लेखन कला में काफी विकास हुआ। लेकिन अंक गणित में उनकी रुचि न होने के कारण वे इस विषय में पीछे ही रहे। दस वर्ष की आयु होने पर उनके पिता ने उन्हें इस स्कूल से भी निकाल लिया और अपने साथ अपने कार्य में लगा लिया। वे उनके हर छोटे-बड़े कार्यों में हाथ बँटाने लगे। छुट्टियों के दिनों में वे अपने भाई-बहनों के साथ चर्च में जाते और वहाँ जाकर बहुत ध्यान से पादरी के उपदेश सुनते। जोसाया स्वयं भी धार्मिक कट्टरता में विश्वास रखते थे लेकिन उन्होंने कभी इस कट्टरता को अपनी संतानों पर हावी नहीं होने दिया।

बेंजामिन के पिता उसे एक पादरी बनाना चाहते थे। उनके चाचा का भी यही विचार था कि बेंजामिन बड़ा होकर पादरी बने। उनकी प्रारंभिक व वास्तविक शिक्षा घर पर ही हुई थी। उनके चाचा को कविताएँ लिखने और पुस्तकें पढ़ने का बहुत शौक था। बेंजामिन को धीरे-धीरे पुस्तकों में रुचि होने लगी। उसे सबसे पहले बनियन (Banyan) द्वारा लिखित पुस्तक 'पिलग्रिम्स प्रोग्रेस' (Pilgrims Progress) पढ़ने को मिली। बेंजामिन ने इस पुस्तक को बहुत चाव से पढ़ा। यही नहीं, उन्होंने उसके बाद बनियन के अनेक ग्रंथ पढ़े और उसमें लिखी ज्ञान की बातों को अपने जीवन में उतारा। अपने मिले हुए जेब खर्च से वे हमेशा पुस्तकें ही खरीदते। उन्होंने अपने बाल्यकाल में जिनता कुछ भी व्यावहारिक ज्ञान सीखा, उसमें उनके चाचा का बहुत बड़ा हाथ रहा।

भोजन के समय का उपयोग

जोसाया और अबिया के परिवार का भोजन करने का समय भी ऐसा होता था कि पूरा परिवार एक साथ बैठकर भोजन करता था और इस दौरान जोसाया अपने बच्चों का मन बहलाने के लिए उन्हें ज्ञान की अलग-अलग बातें बताते तथा हँसी-मज़ाक किया करते। यही नहीं, वे

और अबिया उस समय कर रहे भोजन के बारे में भी बच्चों को बताते कि वे भोजन में क्या खा रहे हैं, उसे कैसे पकाया गया है, उसमें क्या-क्या सामग्री डाली गई है आदि। लेकिन बेंजामिन उस समय इन बातों की ओर ध्यान नहीं दे पाते थे। उनका मानना था कि वे भोजन करने के कुछ समय बाद ही भूल जाते थे कि उन्होंने क्या खाया है। लेकिन यह बात आगे चलकर उनके लिए बहुत मददगार सिद्ध हुई। उन्हें काम के सिलसिले में जब भी अपने घर से बाहर जाना होता तो उन्हें भोजन के लिए कभी किसी प्रकार की कोई परेशानी नहीं उठानी पड़ती, जबकि उनके अन्य सहयोगियों के साथ भोजन को लेकर कई तरह की परेशानियाँ सामने आती थीं। उन्हें जब अपना मन-पसंद भोजन नहीं मिलता था तो वे बहुत मायूस हो जाते थे, लेकिन बेंजामिन के साथ ऐसी कोई परेशानी नहीं आती थी।

तैराक बेंजामिन

बेंजामिन को तालाब में तैरने तथा समुद्री यात्राओं का बहुत शौक था। वे अकसर छोटी डोंगी में बैठकर अपने दोस्तों के साथ सैर करने निकल जाते थे। यही नहीं, वे तैरने की कला भी बहुत कुशलतापूर्वक जान गए थे। वे हमेशा नए-नए तरीकों से तैरा करते और अपने दोस्तों को दिखाते। एक बार वे किसी तालाब के किनारे खड़े होकर पतंग उड़ा रहे थे। जब पतंग बहुत ऊँचाई पर हवा में चली गई तो उन्होंने पतंग की डोर का एक सिरा किनारे के पेड़ से बाँधा और स्वयं तालाब में तैरने के लिए कूद गए। थोड़ी देर बाद जब वे तालाब से बाहर निकले तो पतंग की डोर का सिरा पकड़कर फिर से पानी में कूद गए और डोर पकड़कर तैरने लगे। उन्हें इस तरीके से पानी में तैरने की एक नई तकनीक मिल गई। वे बहुत देर तक पतंग की डोर का सिरा पकड़े-पकड़े पानी में तैरते रहे। इस विधि से उन्हें किसी प्रकार का न तो जोर लगाना पड़ा और न ही पानी में हाथ-पैर चलाने पड़े। हालाँकि उन्होंने इस प्रकार तैरने की विधि कभी दोबारा प्रयोग नहीं की, लेकिन उनका मानना था कि इस प्रकार से भी पानी में तैरा जा सकता है और इसमें किसी प्रकार का खतरा नहीं है।

दूसरे लोगों की सहायता

बोस्टन में उनके घर के नज़दीक ही एक तालाब था। बेंजामिन अकसर अपने दोस्तों के साथ मिलकर उस तालाब में मछलियाँ पकड़ने जाते थे। मछलियाँ पकड़ने के अलावा वे तालाब में जाकर नहाते व खूब मस्ती किया करते थे। इस वजह से तालाब के किनारे बहुत कीचड़ हो जाया करता था। उन्होंने सोचा कि क्यों न तालाब के किनारे कुछ पत्थर इकट्ठे करके वहाँ एक घाट सा बना दिया जाए ताकि किसी को भी परेशानी न हो। बस फिर क्या था! वहीं पास में ही किसी का मकान बन रहा था और बहुत से पत्थर पड़े हुए थे। शाम के समय जब सभी मज़दूर काम समाप्त करके वहाँ से चले गए तो बेंजामिन और उसके दोस्तों ने मिलकर बहुत से पत्थर उठाकर तालाब के किनारे जमा दिए और वहाँ एक घाट बना दिया। अगले दिन मज़दूरों ने देखा कि मकान बनाने के सामान में से बहुत से पत्थर गायब हैं। जब उन्हें बेंजामिन और उसके दोस्तों के बारे में पता चला तो वे उसके पिता से शिकायत करने उसके घर पहुँच गए। बेंजामिन ने तुरंत अपनी सफाई देते हुए कहा, 'हमने वे पत्थर केवल इसलिए वहाँ से उठाकर तालाब में जमाए हैं ताकि अन्य लोगों को दलदल और कीचड़ में उतरना न पड़े।' इस पर उसके पिता ने उसे समझाया कि 'देखो बेटा। तुमने दूसरे लोगों की सहायता के लिए वहाँ से पत्थर उठाकर तालाब के किनारे जमा दिए, यह तो अच्छी बात है। लेकिन इससे उस इंसान का नुकसान तो हुआ, जिसका मकान बन रहा था। अत: किसी भी काम को तब तक अच्छा नहीं माना जा सकता जब तक उसमें ईमानदारी न हो।'

पिता की यह सीख बेंजामिन के दिमाग में बैठ गई। इसी सीख के बल पर ही वे आगे चलकर अमेरिका जैसे विशाल देश की एक महान प्रतिभा के रूप में उभरकर सामने आए।

किशोर उम्र के बेंजामिन फ्रैंकलिन

खंड 2
प्रिंटिंग प्रेस और बेंजामिन

माता-पिता के साथ बेंजामिन फ्रैंकलिन

4

प्रिंटिंग प्रेस से कार्य की शुरुआत

लगातार दो वर्ष तक पिता के साथ कारोबार में हाथ बँटाने के साथ-साथ बेंजामिन अपना अधिकतर समय किताबें पढ़ने में ही व्यतीत करते। उनका स्वयं का पुस्तक संग्रह बहुत बड़ा होता जा रहा था। उन्हें अपने पिता और चाचा से भी कुछ पुस्तकें मिल जाती थीं। कुछ समय पश्चात उन्होंने 'प्लुटार्क का जीवन चरित्र' (Biography of Plutarc) तथा 'एस्से ऑन प्रोजेक्टस' (Esssay on Projects) जैसी कई पुस्तकें पढ़ीं।

जॉन व जेम्स का परिवार से अलग होना

इसी दौरान उनके बड़े भाई जॉन का विवाह हो गया और वह अपनी पत्नी सहित किसी अन्य स्थान पर जाकर रहने लगा। पहले वह भी अपने पिता के साथ उनके काम में हाथ बँटाता था लेकिन उसके घर से चले जाने के कारण जोसाया अकेले पड़ गए। इधर बेंजामिन को मनपसंद काम न मिलने के कारण पिता के साथ काम करने में जरा भी आनंद नहीं आ रहा था। उनके पिता उन्हें अपने साथ ले जाकर बहुत से लोगों से मिलते और उनके लिए काम की तलाश करते।

बेंजामिन का चचेरा भाई सैमुअल उन दिनों लंदन से युद्ध में प्रयोग होनेवाले हथियार बनाने का काम सीखकर आया था। जोसाया ने सोचा कि बेंजामिन को भी वही काम सिखाया जाए। अत: बेंजामिन को काम सीखने के लिए सैमुअल के पास भेजा गया। लेकिन जोसाया को कुछ ही समय बाद पता चला कि सैमुअल बेंजामिन को काम सिखाने के बदले कुछ रुपये चाहता है तो उन्होंने बेंजामिन को वापस बुला लिया।

कुछ ही समय बाद बेंजामिन का दूसरा भाई जेम्स भी घर से भागकर

इंग्लैंड चला गया। उसे भी अपने पिता का काम पसंद नहीं था और वह अपने लिए कुछ अलग तरह का काम करना चाहता था। उसने वहाँ जाकर एक प्रिंटिंग प्रेस के मालिक से बात की और वह उसे काम सिखाने के लिए राजी हो गया। जेम्स ने कुछ ही समय में प्रिंटिंग प्रेस से संबंधित सारा काम सीख लिया और उसमें कुशल हो गया। सन् 1717 में जेम्स वापस बोस्टन आया और अपने साथ एक प्रिंटिंग प्रेस की मशीन तथा उसके टाइप साथ लाया। उसने यहाँ आते ही अपना स्वयं का प्रिंटिंग प्रेस का कारोबार स्थापित कर लिया।

उन दिनों प्रिंटिंग प्रेस में काम करनेवाले कर्मचारियों को अच्छे नज़रिए से देखा जाता था। उन्हें विद्वानों तथा पढ़े-लिखे लोगों की श्रेणी में रखा जाता था। धीरे-धीरे जब यह काम फैलता गया तो इसे साधारण कार्यों की सूची में रखा जाने लगा। पहले-पहल धार्मिक पुस्तकों का प्रकाशन अधिक मात्रा में किया जाता था। लेकिन समय बीतते-बीतते इस कार्य का विस्तार इतना विस्तृत हो गया कि लोगों को एक छोटे से काम के विज्ञापन के लिए भी प्रिंटिंग प्रेस की सहायता लेनी पड़ती थी।

जोसाया बेंजामिन के लिए काम तलाशते हुए परेशान हो चले थे। वे उसे किसी हाथ के हुनर संबंधी काम में लगाना चाहते थे। इसके लिए वे छोटे-छोटे कई कारखानों में जाकर उसके लिए काम की बात करते लेकिन बेंजामिन को कोई काम पसंद न आता। अंतत: उन्होंने बेंजामिन को उसके बड़े भाई जेम्स के साथ प्रिंटिंग प्रेस के काम पर लगा दिया। हालाँकि उस समय जेम्स का काम भी कुछ सही नहीं चल रहा था लेकिन उनके पिता ने सोचा कि बेंजामिन की पढ़ने में रुचि तो पहले से ही है, अत: यहाँ उसका यह शौक भी पूरा हो जाएगा और वह कुछ काम भी सीख जाएगा।

बेंजामिन को भी यह काम पसंद आया। अत: पिताजी और बड़े भाई में यह करार किया गया कि बेंजामिन अपने बड़े भाई जेम्स के पास एक शिक्षार्थी के रूप में कार्य सीखेंगे और उसके सभी कार्यों में उसका हाथ बटाएँगे। इसके लिए उन्हें 21 वर्ष की आयु तक मेहनताने के रूप

में कुछ भी नहीं दिया जाएगा। केवल अंतिम वर्ष में उन्हें बतौर वेतन के रूप में कुछ रुपये दिए जाएँगे। यहाँ से बेंजामिन के जीवन का एक अलग अध्याय आरंभ हुआ। अभी उनकी आयु मात्र 12 वर्ष थी। उन्होंने प्रिंटिंग प्रेस से संबंधित सभी कार्यों में रुचि लेनी शुरू कर दी।

बेंजामिन नए काम सीखने के लिए हमेशा तैयार रहते थे। अपने आपको प्रशिक्षण देने का एक भी मौका वे गँवाते नहीं थे। जो युवा समय के साथ चलते हुए हर नई चीज़ (उपकरण) का उपयोग करना सीख लेता है, वह सदा भविष्य में आनेवाली नई बातों को सीखने के लिए तैयार रहता है। बेंजामिन प्रिंटिंग के कार्य में बारीकी से ध्यान देते थे, छोटी-छोटी बातों को भी वे कभी नज़रअंदाज नहीं करते थे। हालाँकि उस समय उनकी उम्र छोटी थी, लेकिन काम के प्रति वे हमेशा उत्साही रहते थे। निरंतर कार्य करना और खाली समय में किताबें पढ़ना, यह उनकी दिनचर्या ही बन गई थी। सुस्ती तो मानो उनके शरीर से कोसों दूर थी।

एक सुस्त इंसान के पास काम न करने के हज़ारों कारण होते हैं। ऐसा इंसान दिनभर आराम करना चाहता है। लेकिन आराम करने की आदत धीरे-धीरे बढ़ती जाती है। इस आदत से इंसान में तमोगुण अधिक बढ़ जाता है। तमोगुण से इंसान पहले जितना काम कर पाता था, अब उससे आधा काम भी नहीं कर पाता। भविष्य में इस आदत से इंसान को बहुत तकलीफ होती है। बेंजामिन ने अपने समय का ऐसा नियोजन किया था कि प्रिंटिंग का कार्य, शारीरिक आराम और पुस्तकों का पठन इन सभी बातों के लिए उन्हें पर्याप्त समय मिलता था। उन्होंने अपने काम को कभी बोझ नहीं समझा। एक शिक्षार्थी के रूप में उन्हें जितना समय मिला था, उसका उन्होंने उचित उपयोग किया और प्रिंटिंग के व्यवसाय से संबंधित अधिक से अधिक जानकारी प्राप्त की। भविष्य में इस जानकारी से उन्हें बहुत लाभ हुआ।

बेंजामिन का अपने चाचा के प्रति बहुत लगाव था, उन्हें हमेशा अपने चाचा से प्रोत्साहन मिलता रहा। प्रिंटिंग के कार्य से जब भी उन्हें थोड़ा खाली समय मिलता, उसमें वे कविताएँ लिखा करते थे। अपने

चाचा के साथ पत्र व्यवहार में वे कभी-कभी कविताओं का उल्लेख भी कर दिया करते थे। कविताओं में उनकी अपनी रुचि तो पहले से ही थी। जल्द ही उनके चाचा ने उनकी लेखन कला को पहचान लिया इसलिए वे समय-समय पर बेंजामिन को प्रोत्साहित किया करते थे। जेम्स ने भी बेंजामिन को कविताएँ लिखने की सलाह दी। उन दिनों बोस्टन में गली-गली में घूमकर गाथाओं को कविताओं के रूप में गाकर उनका प्रचार किया जाता था। ये गाथाएँ विभिन्न विषयों पर लिखी जाती थीं। बेंजामिन ने भी 'द लाइट हाऊस ट्रेजेडी' (The Light House Tragedy) तथा ब्लैक बियर्ड (Black Beared) जैसे कविताओं का लेखन किया, जिसे छापने के बाद घूम-घूमकर लोगों को बेचा गया। 'द लाइट हाऊस ट्रेजेडी' में कैप्टन वर्दीलेक और उनकी दो पुत्रियों के डूबने का पूरा वृतांत था। लोगों ने इन्हें पढ़ा और खूब सराहा। इससे बेंजामिन का उत्साह और भी बढ़ गया।

बेंजामिन द्वारा लिखित उन कविताओं को किसी उच्च श्रेणी में स्थान नहीं दिया जा सकता था। वे केवल साधारण सी पढ़नेवाली कुछ पंक्तियाँ थीं। लेकिन जोसाया को बेंजामिन का कविताएँ लिखना पसंद नहीं था। वे कभी नहीं चाहते थे कि उनका बेटा कवि बने या कविता-लेखन जैसे व्यवसाय को चुने। लेकिन उन दिनों इतना कार्य करना भी किसी तारीफ से कम न था। कविताओं के लिए तो उस समय बेंजामिन बहुत निराश हो गए, लेकिन उनके जीवन में साहित्य लेखन का बड़ा महत्त्व रहा है। बेंजामिन के अनुसार, साहित्य लेखन की वजह से उनके जीवन में विकास हो पाया है।

5
वाद-विवाद से मुक्ति

बचपन में बेंजामिन के कई दोस्त थे, उनमें से जॉन कॉलिन्स नाम का एक युवक भी था। उसे भी पढ़ने-लिखने का शौक था। लेकिन वह बहुत घमंडी और अहंकारी था। दूसरों से बात करते समय वह हमेशा अपनी बात ऊपर रखता था और किसी की नहीं सुनता था। तर्क-वितर्क करते समय तो वह कभी-कभी इतना अधिक उग्र हो जाता कि उससे पीछा छुड़ाना मुश्किल होता था। इस प्रकार बार-बार उग्र प्रतिसाद देकर इंसान अनजाने में अपने अहंकार को ही बढ़ावा देता रहता है। ऐसा इंसान जब तक सामनेवाले को उग्र जवाब नहीं देता तब तक उसके अहंकार को चैन नहीं मिलता। वह सामनेवाले को उलटा जवाब देकर ही थोड़े वक्त के लिए संतुष्टि महसूस करता है।

बेंजामिन अपने मित्र की इस आदत से भली-भाँति परिचित थे इसलिए वे हमेशा उसके सामने विनम्रता से पेश आते। उन दोनों में आपस में भी अकसर किसी न किसी विषय को लेकर वाद-विवाद हो जाता था। इसके साथ ही तर्क करने और एक-दूसरे की बातों को काटने का दोनों को भी शौक था। एक बार महिलाओं को शिक्षित रूप से जागरूक करने के विषय पर कॉलिन्स और बेंजामिन में बहस छिड़ गई। कॉलिन्स का मानना था कि महिलाओं को अधिक शिक्षा नहीं दी जानी चाहिए क्योंकि वे मानसिक रूप से ऐसा ज्ञान प्राप्त करने लायक नहीं होतीं और पुरुषों की बराबरी नहीं कर सकतीं। लेकिन बेंजामिन का मत था कि महिलाओं को भी पुरुषों के बराबर ही शिक्षा दी जानी चाहिए।

इस घटना के चार-पाँच दिनों बाद तक उन दोनों में इस विषय को लेकर पत्र-व्यवहार चलता रहा। वे दोनों अपने-अपने तर्क लिखित रूप में एक-दूसरे को भेजते रहे और अपने तर्कों को सही कहते रहे। इस

प्रकार उनके बीच लिखित रूप में वाद-विवाद चल रहा था।

ऐसे वाद-विवाद कब बड़े झगड़ों का रूप ले लेते हैं, यह इंसान को पता ही नहीं चलता। इसलिए लोगों को वाद-विवाद के विषय से ही बाहर निकालना चाहिए। यह काम एक समझदार इंसान ही कर सकता है। जब आप वाद-विवाद में फँसे लोगों को दूसरे विषय पर ले जाएँगे तब लोग थोड़ा नया सोचने के काबिल होंगे और वाद-विवाद के विषय से आसानी से बाहर आ पाएँगे।

कई लोगों के बीच यदि कोई वाद-विवाद करने लगता है तो उसका विरोध होना स्वाभाविक है। परिणामस्वरूप इस आदत का शिकार हुआ इंसान उपस्थित लोगों के क्रोध का केंद्र बन जाता है। वाद-विवाद से एक-दूसरे की बातचीत में कड़वाहट भी आती है और शायद ऐसी जगहों पर दुश्मनी भी हो जाए, जहाँ वास्तव में दोस्ती हो सकती है। बेंजामिन भी अपने पिताजी की धार्मिक वाद-विवाद संबंधी पुस्तकों को पढ़ने के बाद, इस आदत के शिकार बन गए थे। लेकिन अब वे समझ गए कि एक समझदार इंसान कभी वाद-विवाद में भाग नहीं लेता। उन्होंने तुरंत अपने मित्र कॉलिन्स का ध्यान दूसरे विषय पर ले जाकर उनके बीच के वाद-विवाद को समाप्त किया। अज्ञान में वाद-विवाद करने की यह प्रवृत्ति बुरी आदत में बदल सकती है।

निरंतर अलग-अलग लेखकों की किताबों को पढ़ने से बेंजामिन इतने कुशल और चालाक हो गए कि वे अपने से अधिक विद्वान लोगों से भी अपनी बात मनवाने लगे। इसमें कभी-कभी वाद-विवाद भी हो जाता था। लेकिन नम्रतापूर्वक बात करने की आदत उनमें पहले से ही थी। इसलिए जब भी कोई उनसे विवादास्पद बात कहता, तो वे उसके साथ निश्चितता या निःसंदेह जैसे शब्दों का प्रयोग नहीं करते थे। इसके बजाय वे आगे दिए गए शब्दों या वाक्यों का प्रयोग करते – 'मेरा विचार है... मेरा ख्याल है... मैं सोचता हूँ... फलाँ कारणों से मुझे लगता है कि यह इस प्रकार होना चाहिए... मैं कल्पना करता हूँ कि यह ऐसा होना चाहिए... या अगर मैं गलती नहीं कर रहा हूँ तो यह इस प्रकार होना

चाहिए...।' इससे समझ में आता है कि लोगों से बातचीत करते समय बेंजामिन कितने सजग होते थे। वे अच्छी तरह से जानते थे कि लोगों के साथ हमारा वार्तालाप हमेशा सुरक्षा के दायरे में ही होना चाहिए।

इंसान के शब्द बहुत शक्तिशाली होते हैं। इसलिए यह ज़रूरी है कि आप वार्तालाप करते समय अपने शब्दों को सँभालकर बोलें क्योंकि शब्दों का सही चयन करना बहुत ही महत्वपूर्ण है। बेंजामिन मिलनसार इंसान थे और उनकी बातों में इतनी मिठास होती थी कि लोग जल्द ही उनसे मित्रता कर लेते थे। बेंजामिन ने अपने जीवन में कभी भी अपने शब्दों से किसी को दुःखी नहीं किया। सभी के साथ मिलकर कार्य करना उन्हें अच्छा लगता था। बेंजामिन को इस बात पर पूरा विश्वास था कि भविष्य में अपने विचारों का प्रचार करने और समय-समय पर अपने कार्यों में अन्य लोगों को शामिल करने की उनकी आदत उन्हें बड़ी सहायक होंगी। बेंजामिन ऐसी कई सारी अच्छी आदतों के धनी थे।

6
सीखने की लगन

एक दिन बेंजामिन द्वारा कॉलिन्स को लिखे हुए पत्रों के कुछ अंश उनके पिता जोसाया के हाथ लगे। उन्होंने वे पत्र पढ़े और बेंजामिन से कहा, 'यकीनन तुम्हारी लेखन कला व्याकरण के रूप से देखी जाए तो कॉलिन्स से बहुत अच्छी है। लेकिन भाषा शैली के अनुसार देखा जाए तो तुम्हारा मित्र कॉलिन्स तुमसे कहीं अच्छा लिखता है। उसे भावों को अभिव्यक्त करने और उन्हें स्पष्ट करने की कला अच्छी तरह आती है।'

प्रिंटिंग प्रेस में काम करने के कारण बेंजामिन के लेखन में व्याकरण संबंधी त्रुटियों का तो सवाल ही नहीं उठता था। अत: उन्होंने अपने पिता द्वारा बताई गई भाषा संबंधी कमियों को सुधारने का प्रयास किया और भविष्य में अपनी लेखन शैली के प्रति अधिक एकाग्रता से कार्य करने लगे।

सोलह साल की उम्र में बेंजामिन को ट्रायोन नामक लेखक की एक किताब मिल गई, जिसमें मांसरहित भोजन पर अधिक जोर दिया गया था। उस किताब से प्रभावित होकर उन्होंने भी मांसरहित भोजन करने का निश्चय कर लिया। उस समय उनके बड़े भाई जेम्स की शादी नहीं हुई थी इसलिए उनके घर में भोजन की कोई व्यवस्था नहीं थी। वे अपने शिक्षार्थियों के साथ एक दूसरे परिवार में भोजन के लिए जाया करते थे और भोजन के तय किए हुए पैसे उस परिवार को हर महीने दिया करते थे। लेकिन बेंजामिन के मांस खाने से इनकार करने से कुछ असुविधा होने लगी और अन्य शिक्षार्थी उन्हें इस बात के लिए बार-बार चिढ़ाने भी लगे।

फिर बेंजामिन ने ट्रायोन की उस किताब में से मांसरहित भोजन बनाने की कुछ विधियाँ सीख ली। एक हफ्ते में उनके भोजन पर उनका

भाई जितना खर्चा करता था, उससे आधी रकम बेंजामिन ने अपने भाई से माँगी और अपने भोजन की अलग से व्यवस्था की। इस प्रकार बेंजामिन के पास कुछ पैसे जमा होने लगे। उन पैसों से वे अकसर किताबें ही खरीद लिया करते थे। इसका एक अन्य लाभ भी बेंजामिन को हुआ। जब उनका भाई और अन्य शिक्षार्थी भोजन के लिए जाते, तो उस समय बेंजामिन प्रेस में अकेले ही होते थे। उस समय वे हलका भोजन करके बचे हुए समय में किताबें पढ़ते। बेंजामिन का मानना था कि 'संतुलित भोजन करने से मस्तिष्क अधिक काम करता है और समझ भी बढ़ती है।' जब आप जो कहते हैं, वही करते हैं; जो करते हैं, वही सोचते हैं और जो सोचते हैं, वही आपकी वाणी में आता है तब कुदरत की तमाम शक्तियाँ आपको मदद करने के लिए आ जाती हैं।

नई-नई किताबें पढ़ना बेंजामिन को बहुत अच्छा लगता था। वे अपनी व्यस्त दिनचर्या में से किताबें पढ़ने के लिए समय अवश्य निकाल लिया करते थे। कभी-कभी बेंजामिन को प्रिंटिंग प्रेस में भी कुछ मन-पसंद लेख तथा पुस्तकें पढ़ने को मिल जाते। उनके पास कई प्रकार के लेख, व्याख्यान, धर्म या शिक्षा से संबंधित निबंध आदि छपाई के लिए आते थे। उस समय अपनी लेखन शैली सुधारना, यही बेंजामिन का मुख्य उद्देश्य था और इसे पाने के लिए अलग-अलग लेखकों की किताबें पढ़ना आवश्यक था। उन दिनों बोस्टन के पुस्तक प्रेमी अधिकतर पुस्तकें इंग्लैंड से मँगवाया करते थे। धीरे-धीरे बेंजामिन की जान-पहचान कई पुस्तक विक्रेताओं तथा सप्लायरों से हो गई। उनके नौकर बेंजामिन को पुस्तकें उपलब्ध कराने में मदद करते। जो भी किताब पढ़ने के लिए मिलती, वह पढ़कर जल्द ही अच्छी हालत में लौटा दी जाती। कभी-कभी तो बेंजामिन को कोई किताब पुस्तक विक्रेता को जल्दी लौटानी होती, तो वे पूरी रातभर बैठकर किताब पढ़ते थे और सुबह प्रिंटिंग प्रेस में भी जाते।

प्रेस में काम करते हुए एक दिन बेंजामिन को अंग्रेजी के प्रसिद्ध साहित्य लेखक रिचर्ड स्टील और जोज़ेफ एढीसन द्वारा प्रकाशित एवं

संपादित की हुई 'द स्पेक्टेटर' (The Spectator) नामक एक पुस्तक मिली। इस पुस्तक को उन्होंने बार-बार पढ़ा और पढ़ते हुए उन्हें बहुत मज़ा आ रहा था। इस पुस्तक की लेखन शैली से वे बहुत प्रभावित हुए। इस प्रकार की लेखन शैली की नकल करने का विचार भी उनके मन में आ रहा था। अपने विचार को उन्होंने तुरंत क्रिया रूप दिया। इसके लिए उन्होंने इस पुस्तक में से कुछ पन्ने चुने। उन पर दिए गए हर वाक्य को पढ़कर, उसके अर्थ को संकेत रूप से अपनी डायरी में लिखा। फिर कुछ दिनों बाद उन्होंने उस संकेत रूप में लिखे गए वाक्य को, पुस्तक में दिए गए वाक्य के अनुसार ही पूरा करने की कोशिश की। बेंजामिन ने अपने वाक्य की उस पुस्तक के वाक्य के साथ तुलना की, तो उन्हें अपनी गलतियाँ समझ में आईं। शब्द भंडार कम होने की वजह से वे अपनी लेखन शैली को प्रभावी नहीं बना पा रहे थे।

बेंजामिन हार मानकर बैठनेवालों में से नहीं थे। उनमें सीखने की लगन भरपूर थी। वे हमेशा अपनी लेखन शैली पर मनन करके, उसमें दिखाई देनेवाली कमियों को दूर करने का प्रयास करते थे। अपने लक्ष्य को पाने के लिए खाली समय का भी वे बेहतर उपयोग करते थे। देखा जाए तो हर युवा को यह सोचना चाहिए कि उसका कार्य आधुनिक जानकारी से कैसे अधिक से अधिक प्रभावशाली हो। यदि बड़े लक्ष्य को प्राप्त करना है तो उसके अनुसार आपको अपने शरीर को तैयार करना होगा। ऐसा नहीं है कि आप ये सब एक दिन में सीख जाएँगे। सारी बातें सीखने के लिए आपको रोज़ थोड़ा-थोड़ा समय देना शुरू करना होगा। यदि आपके पास जानकारी नहीं है तो जानकार लोगों से सलाह लें ताकि कोई न कोई रास्ता निकल आए। केवल पहल आपको करनी है।

उस समय बेंजामिन की सबसे बड़ी आकांक्षा यही थी कि वे अंग्रेजी के साहित्य लेखक बन सकें। वे दिन-रात मेहनत कर रहे थे। जब आपको अपने जीवन का एक लक्ष्य मिल जाता है, तब दुनिया की कोई भी तकलीफ आपको तकलीफ नहीं लगती। लक्ष्य मिलने से आपके जीवन को एक नई दिशा मिलती है। सही दिशा और लक्ष्य की प्रेरणा से इंसान

की काबिलीयत इतनी बढ़ जाती है कि पहले वह जिन कार्यों को नहीं कर पाता था, जल्द ही उनमें माहिर हो जाता है। उदाहरण - पहले कोई इंसान एक शब्द भी टाइप नहीं कर सकता था लेकिन जिम्मेदारी, ईमानदारी, वचनबद्धता और प्रेम के गुणों का महत्त्व समझने से आज पुस्तक बनाने का बड़ा कार्य कर रहा है। यह परिवर्तन कैसे हुआ? कोई भी इंसान यदि जीवन का उच्चतम लक्ष्य तय करे तो यह संभव है। बेंजामिन ने भी कम उम्र में ही अपने जीवन को एक लक्ष्य देकर, सही दिशा दी थी।

अपने लक्ष्य को पाने के लिए वे भरपूर अभ्यास भी किया करते थे। प्रतिदिन रात को और सुबह प्रेस का काम शुरू होने से पहले तक का पूरा समय वे अलग-अलग लेखकों की किताबें पढ़ा करते थे। भविष्य में एक सफल वैज्ञानिक बनने के बाद भी बेंजामिन की पुस्तकों के प्रति रुचि कम न हुई थी। इससे समझ में आता है कि वे एक सच्चे पुस्तक प्रेमी थे।

7
'न्यू इंग्लैंड कूरेंट' का प्रकाशन

'बोस्टन न्यूज लेटर' (Boston News Letter) नामक अखबार उन दिनों अमेरिका का अकेला प्रकाशित होनेवाला बहुचर्चित अखबार था क्योंकि उस समय की खपत के हिसाब से इसकी संख्या पर्याप्त थी। बेंजामिन के बड़े भाई जेम्स ने अपने कई मित्रों की सलाह से अपना स्वयं का अखबार प्रकाशित करने की योजना बनाई। इसका नाम 'न्यू इंग्लैंड कूरेंट' (New England Courant) रखा गया। इसे सही मायने में पहला स्वतंत्र अखबार माना जाता था। इसका प्रथम प्रकाशन सन् 1721 के अगस्त महीने में किया गया और इसकी कीमत चार पेंस (Pence) रखी गई, जो कि उस समय के हिसाब से बहुत अधिक थी। यह अखबार एक ही पेज के दोनों तरफ छपाई करके तैयार किया जाता था। छपाई के बाद इसे बेचने तथा बाँटने का काम बेंजामिन को सौंपा गया। वे रोज़ाना इसकी प्रतियाँ लेकर स्थानीय लोगों को देते और इस प्रकार उनका अखबार जनता के बीच लोकप्रिय होने लगा।

इस अखबार में कुछ नए तरह के प्रयोग किए गए, जो बोस्टन न्यूज लेटर से काफी अलग थे। न्यू इंग्लैंड कूरेंट में नए और प्रतिभावान लेखकों को प्राथमिकता दी जाती। जेम्स के संबंध कई गणमान्य तथा प्रतिभावान लोगों से थे। अकसर शाम के समय प्रिंटिंग प्रेस में ये सारे लोग एकत्रित होकर अखबार संबंधी लेख तथा उससे जुड़े विविध विषयों पर चर्चा किया करते थे। बेंजामिन भी उनकी बातें बहुत ध्यान से सुनते। सभी लोगों के विचार और बुद्धिमत्ता को देखते हुए बेंजामिन के मन में भी अखबार में लेख लिखने की इच्छा जगी। लेकिन वे मन ही मन यह सोचकर डर गए कि कहीं उनके भाई जेम्स इस बात के लिए राजी होंगे या नहीं। वैसे भी कभी–कभी दोनों भाइयों में किसी न किसी बात को लेकर तकरार

हो जाया करती थी। अत: बेंजामिन ने अपना नाम बदलकर लिखने की योजना बनाई।

बेंजामिन ने जल्द ही इस दिशा में कार्य करना आरंभ कर दिया। उन्होंने सुबह प्रेस जाने से पहले और शाम का समय लिखने के लिए निकाला। अपनी पहचान छिपाने के लिए उन्होंने लिखावट बदलकर लेख लिखना शुरू कर दिया। एक दिन शाम के समय, जब प्रेस बंद करने का समय हुआ, तो उन्होंने अपना लेख लिखा लिफाफा चुपके से दरवाजे के नीचे से अंदर डाल दिया। अगले दिन प्रात: जब जेम्स ने आकर वह लिफाफा खोला और किसी अनजान लेखक के नाम का लिखा हुआ वह लेख पढ़ा तो उसे वह बहुत अच्छा लगा। उसने वह लेख अपने मित्रों को भी दिखाया तो सभी ने उसकी हृदय से प्रशंसा की और सलाह दी कि इसे अवश्य प्रकाशित किया जाए। सभी मिलकर उस गुमनाम लेखक के बारे मे अटकलें लगाने लगे। बेंजामिन मन ही मन उनकी बातें सुनकर प्रसन्न हो रहे थे। उन्हें खुशी थी कि उनका लेख छापा जाएगा।

इसी प्रकार उन्होंने एक के बाद एक कई लेख लिखे। उन्हें लेखन के लिए दिन में तो समय नहीं मिलता था। अत: वे सुबह का खाना प्रेस में ही आकर खा लेते, जिससे वे सुबह का समय पढ़ने तथा लेखन कार्य में लगाने लगे। वे इसी प्रकार गुमनाम रूप से लिखते रहे और उनके लेख प्रकाशित होते रहे। उन्हें इसके बदले कुछ प्रोत्साहन राशि भी मिलती रही। जेम्स तथा उनके मित्र इस गुमनाम लेखक के बारे में सोचकर हैरान थे। उन्होंने धीरे-धीरे इन लेखों के प्रति सकारात्मक रूप से जुड़ना शुरू कर दिया। वे यह मानने लग गए थे कि हो न हो ये लेख अवश्य ही किसी प्रतिष्ठित तथा चरित्रवान हस्ती द्वारा लिखे गए हैं। अंतत: कुछ समय पश्चात बेंजामिन ने स्वयं ही उनके सामने अपने आपको उजागर कर दिया कि वह गुमनाम लेखक कोई और नहीं, वह स्वयं है।

पहले-पहल तो जेम्स और उनके दोस्तों को विश्वास नहीं हुआ लेकिन जब बेंजामिन ने इसके सारे सबूत उनके सामने प्रस्तुत किए तो वे मान गए। इससे जेम्स को थोड़ी निराशा हुई। उसका निराश होना

स्वाभाविक था क्योंकि वह अपने छोटे भाई से केवल एक सहायक अथवा शिक्षार्थी के रूप में काम लेना चाहता था। यहाँ से उन दोनों के बीच मतभेद भी शुरू हो गए। बेंजामिन को हमेशा से यह बात अखरती थी कि बड़ा भाई होने पर भी जेम्स बेंजामिन को केवल एक शिक्षार्थी और स्वयं को उसका मालिक समझता है। जेम्स अकसर बेंजामिन को कुछ कामों में नीचा दिखाते थे। जबकि बेंजामिन चाहते थे कि भाई होने के नाते जेम्स उनका पूरा ख्याल रखें। दोनों भाइयों के बीच अकसर झगड़े होने लगे और जोसाया हमेशा बेंजामिन का ही पक्ष लेते। बार-बार हो रही तकरार की वजह से अब बेंजामिन को भी अपनी प्रशिक्षण की अवधि बहुत लंबी नज़र आने लगी। उन्होंने कुछ ही समय में प्रिंटिंग प्रेस का सारा कार्य अच्छी तरह से सीखकर, समझ भी लिया था। अब उन्हें बतौर शिक्षार्थी के रूप में कार्य करना अच्छा नहीं लगता था। वे किसी न किसी तरीके से इस अवधि को कम करना चाहते थे और अप्रत्याशित रूप से यह अवसर उनके जीवन में आ ही गया।

जेम्स को जेल

न्यू इंग्लैंड कूरेंट को प्रकाशित होते हुए एक वर्ष हो चला था। एक दिन इस अखबार में राजनीतिक विषय पर एक लेख प्रकाशित हुआ। उस लेख में सरकारी नीतियों और उस समय की शासन व्यवस्था के खिलाफ बातें लिखी गई थीं। इसलिए सरकार का मानना था कि इस प्रकार के लेख पढ़कर जनता सरकार के खिलाफ हो सकती है। इस लेख को पढ़कर कई सरकारी अधिकारी क्रोधित हो गए। आखिरकार सरकार की ओर से ठोस कदम उठाए गए और जेम्स को सरकारी आदेश पर सवाल-जवाब के लिए बुलाया गया। जेम्स ने स्वीकार किया कि वह न्यू इंग्लैंड कूरेंट का मालिक और प्रकाशक है। उसने कुछ सवालों के जवाब तो सही दिए लेकिन कहीं-कहीं उसने सरकारी अधिकारियों के साथ शालीनता से बरताव नहीं किया, जिसके लिए उसने सरकारी अधिकारियों से माफी माँगी। किंतु अंत में यह निर्णय लिया गया कि न्यू इंग्लैंड कूरेंट में प्रकाशित कुछ लेख सरकार के प्रति विरोध की भावना प्रकट करते हैं। अत: सजा

के तौर पर जेम्स को जेल में डाल दिया गया। इस दौरान प्रेस का सारा कार्य बेंजामिन सँभालते थे। लेकिन एक दिन बेंजामिन को भी सवाल-जवाब के लिए सरकारी अधिकारियों के सामने बुलाया गया। मगर उन्हें एक शिक्षार्थी और नौसिखिया समझकर छोड़ दिया गया।

कुछ दिनों तक जेल में रहने के पश्चात जेम्स ने क्षमा-याचना करते हुए अपनी भूल स्वीकार की। उसने अपनी रिहाई के लिए भी उच्च अधिकारियों को पत्र लिखा। उसकी अपील को मंजूर करते हुए एक महीने की जेल के पश्चात उसे रिहा कर दिया गया। लेकिन सरकार की ओर से जेम्स को कड़े शब्दों में यह आदेश दे दिया गया कि वह अपने नाम से न्यू इंग्लैंड कूरेंट का प्रकाशन बंद कर दे और इससे मिलता-जुलता किसी प्रकार का कोई अन्य अखबार, पत्र अथवा पुस्तक प्रकाशित न करे।

सरकार का आदेश सुनकर जेम्स पर तो मानो बिजली गिर पड़ी। वह किसी भी हालत में अखबार का प्रकाशन बंद नहीं कर सकता था। उसने बेंजामिन और सभी मित्रों के साथ बैठकर विचार विमर्श किया। उन्होंने जल्द ही इस समस्या से निकलने का रास्ता भी तलाश कर लिया। चूँकि सरकार को जेम्स द्वारा अखबार के प्रकाशन पर आपत्ति थी। अत: उसने एक नया करार तैयार करवाया, जिसमें बेंजामिन फ्रैंकलिन को बतौर मुद्रक और प्रकाशक बनाया गया। बेंजामिन को बतौर शिक्षार्थी बनाने का जो पहला करार जेम्स ने अपने पिता के साथ किया था, वह उसने वापस ले लिया। इसका अर्थ ही अब बेंजामिन एक शिक्षार्थी के तौर पर कार्य नहीं करनेवाले थे। लेकिन जेम्स ने एक अन्य करार भी गुप्त तरीके से बनाया ताकि पहले करार के अनुसार बचे हुए वर्षों के लिए बेंजामिन की सेवाएँ ली जा सकें। इस प्रकार बेंजामिन फ्रैंकलिन अब कानूनी रूप से एक मुद्रक और प्रकाशक हो गए थे। एक बार फिर से बेंजामिन की देखरेख में न्यू इंग्लैंड कूरेंट का प्रकाशन नए रूप में शुरू हो गया।

देखते ही देखते अखबार उन्नति करने लगा। अब उसका दाम भी पहले से बढ़ाकर अधिक कर दिया गया। लेकिन बेंजामिन और जेम्स के बीच मतभेदों का सिलसिला जारी रहा। कभी-कभी तो स्थिति बहुत बढ़

जाया करती थी और जेम्स उनकी पिटाई भी कर दिया करता था। अत: ऐसी परिस्थितियों में बेंजामिन किसी भी कीमत पर जेम्स के साथ कार्य नहीं कर सकते थे। बेंजामिन अब आज़ाद होना चाहते थे।

बेंजामिन फ्रैंकलिन

8
बेंजामिन का संघर्षमय प्रवास

बेंजामिन के साथ नया करार होने के बाद भी जेम्स उनसे पहले जैसा ही व्यवहार करता था। वह उनसे एक नौकर या एक शिक्षार्थी की भाँति ही कार्य लेना चाहता था। लेकिन बेंजामिन अब स्वतंत्र थे। वे किसी प्रकार के करार में नहीं बँधे थे। वैसे भी जेम्स किसी भी प्रकार से गुप्त रूप से लिखवाए गए करार का प्रयोग नहीं कर सकता था क्योंकि उसका वास्तविक रूप में कोई अस्तित्व नहीं था। उस समय बेंजामिन की आयु 17 वर्ष थी। जेम्स के साथ लगातार हो रहे मतभेदों के कारण उन्होंने शीघ्र ही अपने भाई और न्यू इंग्लैंड कूरेंट को अलविदा कह दिया।

यह बात जब उनके पिता जोसाया को पता चली तो उन्होंने बेंजामिन को समझाने की कोशिश की। लेकिन बेंजामिन अब किसी भी कीमत पर जेम्स के साथ काम करने को तैयार नहीं थे। वे यह भी जानते थे कि जेम्स ने बोस्टन की अन्य प्रिंटिंग प्रेस के मालिकों को जाकर यह कह दिया होगा कि वे बेंजामिन को काम पर न रखें। बेंजामिन इस बात से भली-भाँति परिचित थे कि **यदि इंसान की लगन सच्ची हो और मन साफ हो तो दुनिया की कोई ताकत उसके काम में आड़े नहीं आ सकती।** अत: उन्होंने मन ही मन बोस्टन छोड़ने का महत्वपूर्ण निर्णय लिया। निश्चित ही यह निर्णय उनके जीवन में एक नया मोड़ लानेवाला था।

बोस्टन से न्यूयॉर्क

बेंजामिन ने इस सिलसिले में अपने मित्र कॉलिन्स से बात की। कॉलिन्स ने भी उन्हें यही सलाह दी कि यदि उनका मन बोस्टन में नहीं लग रहा तो वे शीघ्र ही वहाँ से चले जाएँ। उन दिनों न्यूयॉर्क और फिलाडेल्फिया में भी अनेक प्रिंटिंग प्रेस यूनिट थे। बेंजामिन चाहते थे कि वे न्यूयॉर्क जाकर काम की तलाश करें। न्यूयॉर्क जाने के पीछे दो कारण

थे – एक तो न्यूयॉर्क बोस्टन से नज़दीक था और दूसरे वहाँ कार्य का विस्तार भी अधिक था। कॉलिन्स ने उनकी टिकट का इंतजाम करवा दिया और उन्हें जहाज़ से न्यूयॉर्क के लिए रवाना कर दिया।

बेंजामिन के पास अधिक धन नहीं था, अत: उन्हें जहाज़ का किराया देने के लिए अपनी कुछ पुस्तकें बेचनी पड़ीं। तीन दिन और 300 किलोमीटर की लंबी यात्रा के पश्चात जहाज़ न्यूयॉर्क पहुँचा। बेंजामिन को समुद्री यात्राओं के प्रति जितना आकर्षण था, इस अनुभव ने उसे बुरी तरह से निरस्त कर दिया था। रास्ते में मौसम खराब होने के कारण जहाज़ को किसी अनजान टापू पर ठहरना पड़ा। वे बुरी तरह से थककर टूट चुके थे और उनके कपड़े भी गंदे हो गए थे। न्यूयॉर्क में वे किसी को भी नहीं जानते थे और न ही नौकरी के लिए उनके पास कोई सिफारिश पत्र था। इतने बड़े शहर में वे काम के लिए लगातार भटकते रहे।

वहाँ विलियम ब्रेडफर्ड (William Bradford) नाम का एक इंसान प्रिंटिंग प्रेस चलाता था। बेंजामिन ने उससे अपने यहाँ काम देने की बात की, तो उसने साफ मना कर दिया। किंतु उसने फिलाडेल्फिया में अपने पुत्र का पता देते हुए कहा कि बेंजामिन उसके पास चला जाए। हो सकता है कि वह अपने पास उन्हें काम पर लगा ले।

न्यूयॉर्क से फिलाडेल्फिया

न्यूयॉर्क से फिलाडेल्फिया का रास्ता लगभग 100 किलोमीटर था। बेंजामिन पहले से ही बहुत थके हुए थे। एक बार पुन: लंबी समुद्री यात्रा के बारे में सोचकर ही वे परेशान हो गए। लेकिन उनके पास वहाँ जाने के सिवाय काई चारा न था। अत: उन्होंने एक नाव का सहारा लिया और उसमें सवार होकर फिलाडेल्फिया के लिए रवाना हो गए। वह नाव एम्बॉय (Amboy) जा रही थी। वहाँ से फिलाडेल्फिया जाने के लिए लगभग 50 मील की दूरी तय करके बर्लिंगटन (Burlington) तक जाना होता था और फिर बर्लिंगटन से नाव द्वारा फिलाडेल्फिया तक जाना होता था।

नाव बहुत पुरानी थी और उसकी हालत बता रही थी कि महीनों

से उसकी मरम्मत नहीं की गई है। उसमें बेंजामिन के अलावा एक अन्य यात्री और तीसरा इंसान नाव का मल्लाह स्वयं था। बीच समुद्र में जाते ही जोर-जोर से हवा चलने लगी जिसके कारण नाव भी डगमगाने लगी। देखते ही देखते तेज हवा भयंकर तूफान में बदल गई। नाव को किसी सुरक्षित किनारे पर लगाना आवश्यक था। लेकिन मल्लाह ने उसे किनारे से कुछ दूरी पर ठहराया और तूफान शांत होने का इंतजार किया। रातभर भयंकर तूफान के साथ तेज़ बरसात होती रही। सुबह होने पर जब मौसम कुछ साफ हुआ तो वे पुन: आगे बढ़े।

एम्बॉय तक पहुँचते-पहुँचते बेंजामिन को तेज़ बुखार हो गया। लगातार कई घंटों तक पानी में रहने से उनका शरीर भी काँपने लगा था। लेकिन उन्होंने जैसे-तैसे अपनी तबीयत को सँभाला और बर्लिंगटन की ओर रवाना हो गए। यह रास्ता उन्हें पैदल ही तय करना था। दिनभर चलते-चलते वे बुरी तरह से थककर चूर हो गए थे। उन्होंने रात गुज़ारने के लिए एक सराय में शरण ली। उस सराय के मालिक का नाम डॉक्टर ब्राउन था। प्रात: काल जल्द ही वे फिर से आगे की ओर रवाना हो गए। बर्लिंगटन पहुँचकर वे किसी नाव की तलाश करने लगे, जो उन्हें फिलाडेल्फिया तक ले जा सके। जैसे-तैसे करके वे फिलाडेल्फिया जानेवाली एक नाव में सवार हो गए। उस समय उनके पास केवल एक डॉलर और एक शिलिंग के बराबर तांबे के सिक्के शेष बचे थे। रास्ते में उन्होंने नाव को चलाने में मल्लाह की सहायता की। अत: जब फिलाडेल्फिया पहुँचने पर उन्होंने मल्लाह को बतौर नाव के किराये के रूप में कुछ पैसे देने चाहे तो मल्लाह ने लेने से मना कर दिया। लेकिन बेंजामिन ने फिर भी उदारता स्वरूप उसे कुछ पैसे दे दिए।

फिलाडेल्फिया पहुँचकर उन्होंने थोड़ी चैन की साँस ली। लेकिन अभी उनका संघर्ष समाप्त नहीं हुआ था। यहाँ आकर उन्हें उस इंसान की तलाश करनी थी, जिसके पास उन्हें काम मिलनेवाला था। सबसे पहले उनकी मुलाकात मि. रीड (Mr. Read) नाम के एक इंसान से हुई। उनकी एक पुत्री थी, जिसका नाम डेबोरा (Deborah) था। कोई नहीं जानता

था कि भविष्य में इसी युवती से बेंजामिन का विवाह होना था। डेबोरा ने बेंजामिन को गंदे और मैले कपड़ों में देखा तो बहुत हैरान हुई। इसके पश्चात वे कुछ सभ्य लोगों के समूह में शामिल होकर एक चर्च में चले गए, जहाँ कोई प्रार्थना सभा चल रही थी। कुछ समय बाद उन्होंने देखा कि लोग प्रार्थना समाप्त करके अपने-अपने घरों को जा रहे हैं। उन्होंने भी रात गुज़ारने के लिए किसी दुकानदार से सराय का पता पूछा। उसने हाथ से इशारा करके एक छोटे से रेस्टोरेंट का पता बताते हुए कहा कि 'वहाँ जाकर रात गुज़ारी जा सकती है।' बेंजामिन के पास कुछ पैसे बचे थे इसलिए वे उस रेस्टोरेंट में गए और वहाँ जाकर खाना खाया। उस रात वे बहुत गहरी नींद सोए, ऐसी सुकून की नींद उन्होंने कई दिनों के बाद ली थी।

अगले दिन उन्हें उस इंसान से मिलना था, जिसके साथ उन्हें काम करना था। उसका नाम एन्ड्रयू बैडफर्ड (Andrew Bradford) था। एन्ड्रयू ब्रैडफर्ड ने सन् 1712 में फिलाडेल्फिया में सबसे पहले प्रिंटिंग प्रेस लगाई थी। बेंजामिन लोगों से उसका पता पूछते हुए, उसके घर पहुँचे। लेकिन ब्रैडफर्ड से मिलने के बाद भी उन्हें निराशा हाथ लगी क्योंकि उसके पास बेंजामिन को देने के लिए कोई काम नहीं था। ब्रैडफर्ड ने बेंजामिन को अपने मित्र सैमुअल कीमर का पता दिया और कहा कि वे उनसे जाकर मिलें।

सैमुअल कीमर (Samuel Keimer) के पास नौकरी

कीमर ने हाल ही में एक नया प्रिंटिंग प्रेस यूनिट खोला था। बेंजामिन तुरंत उनके पास पहुँच गए और उनसे काम के सिलसिले में बात की। कीमर ने अपना प्रिंटिंग प्रेस अपने घर में ही लगाया हुआ था। वे फिलाडेल्फिया में ब्रैडफर्ड के पश्चात दूसरे इंसान थे, जिन्होंने प्रिंटिंग प्रेस का काम शुरू किया था। उनके पास एक पुरानी मशीन, कम्पोजिंग के लिए टाइप और बाकी का सारा सामान था।

लेकिन कीमर के पास भी अभी कोई काम नहीं था। किंतु उन्होंने बेंजामिन की कार्य कुशलता परखने के लिए उन्हें थोड़ा-सा काम दिया

और पाया कि यह युवक वास्तव में होनहार है और अपने काम में निपुण भी है। कीमर ने कुछ दिनों बाद उन्हें काम पर रखने का वचन दिया। तब तक बेंजामिन ब्रैडफर्ड के घर पर ही रहने लगे। वे नियमित रूप से ब्रैडफर्ड के कार्यालय संबंधी काम सँभालते और विविध प्रकार के कार्यों में उनकी मदद करते। थोड़े ही दिनों के पश्चात कीमर ने बेंजामिन को अपने यहाँ काम के लिए बुला लिया। यहाँ से बेंजामिन के जीवन का एक नया अध्याय आरंभ हुआ। उनकी कड़ी मेहनत रंग लाई और वे जिस उद्देश्य के साथ अपना घर-परिवार छोड़कर आए थे, अब उसके साकार करने का समय आ गया था।

कुछ ही दिनों में बेंजामिन यह जान गए कि ब्रैडफर्ड और कीमर, इन दोनों मुद्रकों के पास इस व्यवसाय संबंधी बहुत ही कम जानकारी है। ब्रैडफर्ड ने कहीं पर भी इस व्यवसाय संबंधी शिक्षा नहीं ली थी और कीमर कुछ पढ़ा-लिखा ज़रूर था लेकिन वह केवल एक कम्पोजीटर था, जो प्रेस के कामों के बारे में कुछ भी नहीं जानता था। कीमर को बेंजामिन का ब्रैडफर्ड के घर पर रहना उचित नहीं लग रहा था। वैसे भी वह अब उसका कर्मचारी था, अत: स्थिति को देखते हुए उन्होंने बेंजामिन के रहने की व्यवस्था मि. रीड के घर पर करवा दी, जो कीमर के अच्छे दोस्त थे। बेंजामिन का समय अच्छा बीतने लगा। वे रोज़ाना सुबह तैयार होकर घर से निकलते, सारा दिन नियमित रूप से प्रिंटिंग प्रेस का काम सँभालते और शाम के समय घर जाकर अपना कुछ समय पढ़ने में लगाते। धीरे-धीरे वहाँ के बहुत से लोग उनके संपर्क में आ गए और उनकी जान-पहचान कई ऐसे लोगों से भी हो गई, जो शहर में अपनी उच्च प्रतिष्ठा रखते थे।

अध्ययन के शौकीन कुछ युवकों से भी बेंजामिन की मित्रता हुई, उनके साथ वे शाम का समय बिताने लगे। अपने परिश्रम के बल पर उनके पास कुछ पैसे जमा होने लगे और उनमें से कुछ पैसों की बचत भी होने लगी।

उस समय बेंजामिन नहीं चाहते थे कि उनकी वर्तमान स्थिति के

बारे में उनके परिवार के सदस्य जान सकें। वे कभी-कभी अपने पुराने मित्र कॉलिन्स से ज़रूर पत्र व्यवहार कर लिया करते थे। उन्होंने कॉलिन्स को यह भी बता दिया कि वे किस शहर में रह रहे हैं और कहाँ काम कर रहे हैं। लेकिन कॉलिन्स ने एक सच्चे दोस्त की हैसियत से उनके परिवार वालों को बेंजामिन के बारे में कभी कुछ नहीं बताया। इस दौरान उन्हें कई बार अपने घर और परिवार की याद भी आती थी। लेकिन वे स्वयं ही सब कुछ छोड़कर आए थे। अपने भाई जेम्स के व्यवहार से तो वे बहुत खिन्न हो गए थे और उन दिनों को याद तक नहीं करना चाहते थे।

जल्द ही बेंजामिन के जीवन में एक ऐसी घटना होनेवाली थी, जिसके परिणामस्वरूप उन्हें अपने परिवार से मिलने का अवसर मिलेगा।

9

धोखे के बावजूद उम्मीद कायम

सैम्युअल कीमर की प्रिंटिंग प्रेस में बेंजामिन का कार्य बखूबी चल रहा था। कीमर भी उनके काम करने के अंदाज से बेहद खूश था। उसी समय पर पेंसिल्वेनिया के गवर्नर विलियम कीथ को भी बेंजामिन के कार्य के बारे में पता चला। वे तुरंत कर्नल फ्रेंच को साथ लेकर बेंजामिन से मिलने के लिए कीमर के प्रिंटिंग प्रेस में आ पहुँचें।

जब बेंजामिन उनके सामने आए तो विलियम कीथ ने उनके कार्य की खूब सराहना की। पहले पहल तो बेंजामिन को विश्वास नहीं हो रहा था कि यह सब क्या हो रहा है। विलियम कीथ ने उनसे मित्रता करने के लिए अपना हाथ आगे बढ़ाया, जिसे बेंजामिन ने सहर्ष स्वीकार कर लिया। फिर उन्होंने कर्नल फ्रेंच से भी उनका परिचय कराया और अपना उद्देश्य बताया, 'देखो बेंजामिन। फिलाडेल्फिया में अभी तक कोई ऐसी प्रिंटिंग प्रेस नहीं है, जहाँ उच्च कोटि का काम होता हो। यहाँ जितने भी प्रेस हैं, हमें उनमें से किसी का भी काम पसंद नहीं आता। तुमसे मिलने के बाद लगता है कि तुम्हें प्रिंटिंग प्रेस के काम की अच्छी जानकारी है और तर्जुबा भी है। अत: हम चाहते हैं कि तुम अपना स्वयं का प्रिंटिंग प्रेस खोलो। हमारे यहाँ से सारा का सारा सरकारी काम तुम्हें दिया जाएगा। साथ ही साथ तुम्हें कर्नल फ्रेंच का सारा काम भी दिया जाएगा। इसके अलावा भी तुम्हें जिस प्रकार की सहायता चाहिए, वह हम तुम्हें देने को तैयार हैं।'

बेंजामिन हैरान होते हुए बोले, 'मुझे सचमुच विश्वास नहीं हो रहा कि आप लोग मुझे इतना बड़ा प्रस्ताव दे रहे हैं। लेकिन मुझे लगता है कि शायद मेरे पिता इस बात के लिए राज़ी नहीं होंगे।'

'तुम इसकी चिंता मत करो। मैं तुम्हारे पिता के नाम एक पत्र लिख

देता हूँ, जिसमें मैं उन्हें तुम्हारी योग्यता से अवगत कराऊँगा और प्रिंटिंग प्रेस से जुड़े सभी पहलुओं और लाभ की जानकारी उन्हें दूँगा। मुझे पूरा विश्वास है कि वे कभी मना नहीं करेंगे और तुम्हें काम शुरू करने की मंजूरी दे देंगे।' कीथ ने कहा।

यहाँ पर बेंजामिन से एक बड़ी गलती हो गई थी। उन्होंने एक ऐसे इंसान पर भरोसा कर लिया था, जिसके चरित्र के बारे में उन्हें कुछ भी पता नहीं था। उस दिन बेंजामिन विलियम कीथ की अच्छी-अच्छी बातों में फँस गए थे। विलियम कीथ के साथ बेंजामिन ने यह सबक सीखा कि एक अनजान इंसान पर कितना भरोसा करना चाहिए।

विलियम कीथ की बातों में आकर बेंजामिन अपने पिता से अनुमति लेने के लिए अपने शहर बोस्टन के लिए रवाना हुए। बेंजामिन को देखकर जोसाया और अबिया बेहद खुश हो गए। सभी से बातचीत के दौरान उचित समय देखकर बेंजामिन ने अपने काम के बारे में पिता से विस्तारपूर्वक चर्चा की और उन्हें गवर्नर कीथ के प्रस्ताव से अवगत कराया। उन्होंने गवर्नर कीथ का लिखा हुआ पत्र अपने पिता को दिखाया और बताया कि वे लोग चाहते हैं कि बेंजामिन अपना स्वयं का प्रिंटिंग प्रेस खोले। जोसाया ने कीथ का दिया हुआ पत्र ध्यान से पढ़ा।

लेकिन जोसाया को बेंजामिन को प्रिंटिंग प्रेस के लिए अनुमति देने में संकोच हो रहा था। वे मन ही मन डर रहे थे कि कहीं प्रिंटिंग प्रेस के धंधे में लगाया हुआ उनका पैसा डूब ही न जाए। अत: उन्होंने बेंजामिन से कहा कि वह पहले की भाँति फिलाडेल्फिया जाकर काम करे और अपने अच्छे आरचण से लोगों का दिल जीतना जारी रखे। उन्होंने बेंजामिन को इस प्रकार के लेख लिखने से भी मना किया, जिससे किसी को मानसिक रूप से क्षति होती हो। उन्होंने विलियम कीथ को भी जवाब के तौर पर अपना आभार प्रकट किया और अपने पुत्र के साथ किए गए अच्छे व्यवहार के लिए भी धन्यवाद किया।

बेंजामिन एक बार पुन: बोस्टन से रवाना हो गए। लेकिन इस बार उनके साथ माता-पिता का आशीर्वाद और ढेर सारी शुभकामनाएँ थीं।

बेंजामिन जिस जहाज से जा रहे थे, उसे न्यूपोर्ट (Newport) होते हुए न्यूयार्क जाना था। न्यूपोर्ट में बेंजामिन अपने बड़े भाई जॉन से मिले। बातों ही बातों में जॉन ने उन्हें बताया कि 'पेंसिल्वेनिया में रहनेवाले वर्नन (Vernon) नाम के एक इंसान ने मुझसे कुछ रुपये उधार लिए हुए हैं। जब तुम पेंसिल्वेनिया पहुँचोगे तो वर्नन से वे रुपये लेकर अपने पास रख लेना और वे रुपये मुझे कब और कैसे भेजने हैं, इसके बारे में मैं तुम्हें बाद में बताऊँगा।'

जॉन से विदा लेकर बेंजामिन न्यूयॉर्क के लिए रवाना हो गए। वर्नन से अपने भाई जॉन के पैसे वसूलने के बाद वे फिलाडेल्फिया पहुँचे। बेंजामिन को उन वसूले हुए रुपयों में से भी कुछ पैसे खर्च करने पड़े। बेंजामिन के अनुसार वर्नन से लिए गए पैसे खर्च करना, यह उनके जीवन की सबसे बड़ी गलती थी और इससे सिद्ध होता है कि कम उम्र में ही बेंजामिन को किसी महत्वपूर्ण व्यापार को सँभालने के लिए अयोग्य समझकर उनके पिताजी ने भूल नहीं की थी।

बेंजामिन ने फिलाडेल्फिया में आकर विलियम कीथ से कहा कि 'मेरे पिताजी ने आपके प्रस्ताव के लिए अनुमति नहीं दी है।' यह सुनकर भी विलियम ने अपना प्रस्ताव पीछे नहीं लिया बल्कि उसने बेंजामिन से कहा, 'मैं अपना फैसला नहीं बदलूँगा। मैं तुम्हारी मदद करने को तैयार हूँ। तुम्हें प्रिंटिंग प्रेस लगाने के लिए जिन-जिन वस्तुओं की आवश्यकता है, उनकी एक सूची बनाकर मुझे दो। मैं इन्हें लंदन से मँगवाने का प्रबंध करता हूँ। मेरे रुपये तुम जब चाहो लौटा देना।'

कीथ की बातें सुनकर बेंजामिन मन ही मन बहुत प्रसन्न हुए और उनका धन्यवाद करने लगे। उस समय कीथ उन्हें दुनिया का सबसे विनम्र व सज्जन इंसान लग रहा था। लेकिन यदि उनके किसी दोस्त को, जो विलियम कीथ को अच्छी तरह से जानता था, यह पता होता कि बेंजामिन नई प्रिंटिंग प्रेस के लिए विलियम कीथ पर निर्भर है, तो वह निश्चित ही बेंजामिन को कीथ पर भरोसा करने की सलाह न देता। बेंजामिन को बाद में पता चला कि विलियम कीथ ऐसा इंसान है, जो

सीधे-सादे लोगों से बड़ी तत्परता से वादे करता है, लेकिन उन्हें कभी पूरा नहीं करता।

विलियम कीथ के चरित्र से बेखबर बेंजामिन ने एक पूरा प्रिंटिंग प्रेस यूनिट लगाने की एक सूची तैयार की। इसमें प्रिंटिंग मशीन, कम्पोजिंग के लिए टाइप, कुछ औज़ार, थोड़ा कागज़ और थोड़ा छुटपुट सामान था, जिसकी कीमत लगभग 100 पौंड थी। कीथ ने सूची देखकर बेंजामिन को ही लंदन जाकर मशीन और बाकी का सामान खरीद ले आने की सलाह दी। उसका मानना था कि यदि बेंजामिन स्वयं सामान लेने जाते हैं तो इससे एक तो वे अपनी पसंद से सारा सामान खरीद सकते हैं और दूसरे वहाँ जाकर वे कई कागज़ तथा पुस्तक व्यापारियों से मेलजोल बढ़ा सकते हैं। बेंजामिन ने सहर्ष लंदन जाने की सहमति दे दी।

लंदन जाने का दिन नज़दीक आता जा रहा था। कीथ ने उनसे पहले ही कह दिया था कि लंदन रवाना होने से पूर्व किसी निश्चित दिन, वे उनसे लंदन में कुछ लोगों के नाम पत्र, मशीन और बाकी का सामान खरीदने के लिए पैसे और बाकी के ज़रूरी कागज़ आदि लेने आ जाए। निश्चित दिन बेंजामिन उनके घर गए तो कीथ ने उनसे यह कहा कि समय न मिलने के कारण वे कागज़ तैयार नहीं कर पाए हैं। अत: कल आकर कागज़ ले जाएँ। बेंजामिन अगले दिन उनसे मिलने गए तो कीथ ने फिर से वही उत्तर दिया और बेंजामिन को वापस भेज दिया। यह सिलसिला कई दिनों तक चलता रहा और बेंजामिन कीथ के घर चक्कर लगाते रहे। अंतत: उनके लंदन जाने का दिन आ गया और अभी तक उन्हें कीथ की ओर से कोई कागज़ आदि नहीं मिले थे। उस दिन बेंजामिन कीथ के सचिव से मिले तो उसने बताया कि 'बेंजामिन, आप जहाज़ पर सवार हो जाएँ। जब आपका जहाज़ न्यू-कासल (New Castle) में जाकर रुकेगा तो कीथ आपसे वहीं मिलेंगे और सारे कागज़ात आपको दे देंगे।' बेंजामिन को बहुत हैरानी हो रही थी कि यह आखिर क्या हो रहा है? लेकिन मामला उनकी समझ में नहीं आ रहा था।

उन्हें थोड़ी शंका हुई कि आखिर कीथ ऐसा जान-बूझकर तो नहीं

कर रहे... और यदि कर रहे हैं तो ऐसा क्यों कर रहे हैं...? जहाज़ के चलने में अभी कुछ समय था। अचानक उनकी नज़र कर्नल फ्रैंच पर पड़ी। वे तेज़ी से चलते हुए जहाज़ की ओर चले आ रहे थे। उनके हाथ में बहुत से कागज़ों का एक बैग था। उन्होंने वह बैग जहाज़ के कप्तान के हवाले कर दिया। जब जहाज लंदन पहुँचनेवाला था तो कप्तान ने बेंजामिन को बुलाकर उस बैग में से अपने कागज़ लेने को कहा। बेंजामिन ने देखा कि उस बैग में 6-7 कागज उनके काम के थे, जो कीथ ने दिए थे। बेंजामिन ने कागज़ों को अपने बैग में सँभालकर रखा। इसके पश्चात उन्हें कुछ राहत मिली। वे 24 दिसंबर को लंदन पहुँचे।

वहाँ पहुँचते ही वे सबसे पहले कागज़ के एक व्यापारी की दुकान पर गए। उन्होंने उसे अपना परिचय दिया और एक कागज़ उसे देते हुए कहा, 'यह कागज़ गवर्नर विलियम कीथ ने आपके लिए भेजा है।'

'लेकिन मैं तो विलियम कीथ नाम के किसी इंसान को नहीं जानता!' दुकानदार ने जवाब दिया। जब उस दुकानदार ने वह कागज़ खोलकर देखा तो बोला, 'अरे! यह पत्र तो रिडल्स्डन (Riddlesden) का लिखा हुआ है। वह तो बहुत धूर्त इंसान है। वह कई लोगों को धोखा दे चुका है। वह तो मक्कारों का भी बादशाह है। मेरा ऐसे इंसान से कोई संबंध नहीं है।'

बेंजामिन को उसकी बात सुनकर गहरा धक्का लगा। फिर उसने बाकी के पत्र भी अन्य दुकानदारों को दिखाए तो पता चला कि वे पत्र भी कीथ द्वारा नहीं लिखे गए थे। बेंजामिन की आँखों के आगे अँधेरा छाने लगा। उनका दिल बड़ी जोर-जोर से धड़कने लगा और मन में कीथ को लेकर कई प्रकार के संदेह उत्पन्न होने लगे। इसी उधेड़बुन में वे वापस आए और आकर डेन्हैम (Denham) नाम के एक व्यापारी से मिले। डेन्हैम उनके साथ ही जहाज़ में सवार होकर आया था। बेंजामिन और डेन्हैम में गहरी मित्रता हो गई थी। उन्होंने डेन्हैम से विलियम कीथ के बारे में बातचीत की और उन्हें सारा वृत्तांत कह सुनाया। डेन्हैम पूरी बात सुनकर जान गया कि बेंजामिन के साथ धोखा किया गया है। जहाज़

पर बिताए दिनों के दौरान ही डेन्हैम जान गया था कि बेंजामिन एक सज्जन नौजवान है। लेकिन बेंजामिन शायद कीथ जैसे इंसान को समझने में नाकामयाब रहे। दरअसल कीथ मासूम तथा भोले-भाले लोगों की भावनाओं के साथ खिलवाड़ किया करता था। लोग उसे एक नंबर का झूठा, फरेबी और मक्कार कहते थे। वह बहुत झगड़ालु प्रवृत्ति का इंसान था और सदा लोगों से फरेब किया करता था। कुल मिलाकर वह एक धूर्त इंसान था।

बेंजामिन को विश्वास नहीं हो रहा था कि वह भी कई लोगों की तरह कीथ के जाल में फँसाया गया है। उसे कीथ से इस प्रकार के बरताव की बिलकुल उम्मीद नहीं थी। वह जितनी बार भी कीथ से मिला, हर बार उसे कीथ का चरित्र और बरताव अच्छा ही लगा। वह हमेशा लोगों के भले की बात करता था और गवर्नर की हैसियत से हमेशा लोगों की ज़रूरतों का भी ध्यान रखता था। लेकिन इस प्रकार के रवैये ने बेंजामिन को भी परेशानी में डाल दिया था। डेन्हैम ने भी बेंजामिन को कीथ के रवैए से वाकिफ करवाया था कि वह विश्वास पात्र इंसान नहीं है।

समस्या तो उनके जीवन में अब भी थी, उनकी जेब में मात्र 10 पौंड रुपये ही शेष थे लेकिन उनकी उम्मीद मज़बूत थी। ऐसा कहा जाता है कि **'कल के सपने आज की उम्मीद हैं और आज की उम्मीद आनेवाले कल की हकीकत है।'** इंसान की ज़िंदगी में उम्मीद की इतनी अहमियत होने के बावजूद भी लोगों में एक मान्यता काफी प्रबल है-'किसी से भी उम्मीद करना बेकार है क्योंकि जब उम्मीद टूटती है तब बड़ी तकलीफ होती है।' लोग ऐसा इसलिए कहते हैं क्योंकि वे उम्मीद को सँभाल नहीं पाते।

उम्मीद का यह ईश्वरीय गुण बेंजामिन में भी था। इसीलिए विलियम कीथ द्वारा धोखा देने के बावजूद भी बेंजामिन ने अपनी उम्मीद नहीं छोड़ी और न ही वे निराश होकर बैठे रहे। उन्हें पता है कि हम सबके जीवन में होनेवाली ऐसी कई नकारात्मक और सकारात्मक घटनाएँ, हमारे रुके हुए जीवन को गति प्रदान करने के लिए ही आती हैं। वह गति हमारे विकास

की होती है। अब बेंजामिन भी विकास के पथ पर चल पड़े थे।

      जहाज के मित्र डेन्हैम ने बेंजामिन को लंदन में ही किसी प्रिंटिंग प्रेस में नौकरी करने और कुछ नई बातों को सीखने का सुझाव दिया। बेंजामिन को डेन्हैम की बातों में दम लगा और उस दिशा में उन्होंने अपना काम भी शुरू किया।

10
लंदन में कार्य

विलियम कीथ द्वारा अपना प्रिंटिंग प्रेस खोलने का जो सपना बेंजामिन ने देखा था, वह बुरी तरह से टूटकर चूर हो चुका था। कीथ द्वारा धोखा दिए जाने के पश्चात बेंजामिन मानसिक रूप से बहुत परेशान हो गए थे। लेकिन उन्होंने बहुत जल्द ही इस परेशानी को अपने मन से निकाल दिया और आनेवाले भविष्य के बारे में योजना बनाने लगे। लंदन जैसे शहर में आकर रहना और काम करना कोई आसान काम नहीं था। उनके मित्र रॉल्फ ने भी लंदन में ही बसने का मन बना लिया था। उन दोनों ने मिलकर एक मकान किराए पर ले लिया। रॉल्फ पढ़ा लिखा और बुद्धिमान इंसान था। उसमें लोगों से बात करने की विलक्षण प्रतिभा थी। बेंजामिन ने नज़दीकी प्रिंटिंग प्रेस में काम की तलाश शुरू कर दी। शीघ्र ही उनकी मुलाकात सैमुअल पामर (Samuel Palmer) नाम के एक इंसान से हुई। उसने अपना एक प्रिंटिंग प्रेस का बहुत बड़ा यूनिट लगाया हुआ था, जिसमें लगभग 45-50 लोग काम करते थे।

सैमुअल पामर की प्रिंटिंग प्रेस में बहुत बड़े स्तर पर कार्य होता था। बेंजामिन को कम्पोजिंग में दिलचस्पी थी और वे इस कार्य में माहिर भी थे। लेकिन यहाँ उन्हें एक धार्मिक पत्रिका के दूसरे संस्करण के लेखन का कार्य सौंपा गया। वे उस पत्रिका में लिखे कुछ उद्देश्य और दलीलों को नहीं मानते थे। उनका यह भी मानना था कि वह पत्रिका साधारण जनता के लिए उपयुक्त नहीं है। अत: उन्होंने उस पत्रिका के विरोध में स्वयं की एक छोटी सी पुस्तक लिखकर छपवा दी। उस पुस्तक का शीर्षक था, 'स्वाधीनता और आवश्यकता, सुख और दुःख का विवेचन'। उन्होंने इस पुस्तक को अपने मित्र जेम्स रॉल्फ को समर्पित किया, जिसके आरंभ में लिखा था, 'तुम्हारी प्रार्थना से ही मैंने इस समय के विचारों का दिग्दर्शन

इस संसार की वस्तुओं की स्थिति के संबंध में किया है।'

पामर को बेंजामिन का इस प्रकार से पुस्तक लिखना और छपवाना अच्छा नहीं लगा, किंतु इससे उसे एक फायदा हुआ कि अनेक लोग बेंजामिन से बहुत प्रभावित हुए और पामर की प्रिंटिंग प्रेस की कदर भी पहले से अधिक होने लगी। इसी दौरान बेंजामिन की जान-पहचान वहाँ के कई विशिष्ट लोगों से हो गई।

रॉल्फ भी अपने कार्य के सिलसिले में कई लोगों के पास जाता रहा। लेकिन उसे कोई मनपसंद नौकरी नहीं मिली। फिर उसने एक छोटा सा स्कूल खोल लिया और उसमें बच्चों को पढ़ाने लगा। हालाँकि वह इस काम को अपने स्तर से बहुत छोटा समझता था, अत: उसने अपना नाम भी बदलकर फ्रैंकलिन रख लिया।

जॉन वाट्स (John Watts) के साथ कार्य

बेंजामिन ने पामर की प्रिंटिंग प्रेस में लगभग एक वर्ष तक कार्य किया। अब रॉल्फ भी उनके साथ नहीं रहता था। कुछ दिनों तक तो उसके पत्र आते रहे लेकिन कुछ समय पश्चात वे भी आने बंद हो गए। बेंजामिन ने पामर को छोड़कर जॉन वाट्स नाम के एक व्यापारी की प्रिंटिंग प्रेस में काम करना आरंभ कर दिया। यह प्रिंटिंग प्रेस उस समय की कई आधारभूत सुविधाओं से सुसज्जित था और पामर की प्रेस से काफी बड़ा भी था। यहाँ रहने के लिए उन्होंने ड्यूक स्ट्रीट (Duke Street) नामक स्थान पर एक किराये का मकान लिया।

कर्मचारियों का हित

जॉन वाट्स के यहाँ अधिकतर कर्मचारी शराब पीते थे। बेंजामिन उन्हें बार-बार समझाते कि शराब की बजाय किसी अच्छी चीज़ का सेवन करें, लेकिन उनमें से कुछ तो पक्के शराबी थे और वे बेंजामिन की बातें सुनकर हँसा करते थे। पामर के साथ रहकर बेंजामिन टाइप कम्पोजिंग का कार्य किया करते थे लेकिन यहाँ वे मशीन पर छापने का काम भी करते थे। कभी-कभी शराबी कर्मचारियों से उनके मतभेद भी

उत्पन्न हो जाते थे। लेकिन वे इसकी परवाह नहीं करते थे। थोड़े ही दिनों में उन्हें छपाई के काम से हटाकर टाइप कम्पोजिंग के काम पर लगा दिया गया। उनका कुछ कर्मचारियों के साथ मतभेद जारी रहा। शराबी कर्मचारी हमेशा किसी न किसी बहाने बेंजामिन को तंग करते, उनका काम खराब कर देते या फिर उनसे बेवजह रुपयों की माँग करते।

बेंजामिन ने वहाँ के हालात को देखते हुए चतुराई दिखाई और उन्हें रुपये देने के लिए राजी हो गए। इस तरह उनमें आपस का मन-मुटाव भी समाप्त हो गया और वे न केवल आपस में मित्र बन गए बल्कि धीरे-धीरे बेंजामिन ने उनमें से कई लोगों को शराब पीने की आदत से भी छुटकारा दिला दिया। उनकी चतुराई और बुद्धिमानी का उनके बाकी कर्मचारियों पर भी अच्छा प्रभाव पड़ने लगा। वे बेंजामिन की बातों का अनुसरण करते और अपने पैसों को शराब जैसी चीज़ में व्यर्थ न गँवाकर उसका सदुपयोग करते।

बेंजामिन जानते थे कि प्रेस के हर कर्मचारी का स्वभाव अलग-अलग है इसलिए यदि उनसे सकारात्मक प्रतिसाद चाहिए, तो सबसे पहले उनके मनोभावों को समझना होगा। जब तक आप उन्हें समझकर बात नहीं करेंगे तब तक वे आपको सकारात्मक प्रतिसाद नहीं देंगे और तब तक आप सभी के बीच अच्छे संबंध नहीं बना पाएँगे। बेंजामिन प्रेस के हर कर्मचारी से अपनेपन से बातचीत करते, उनकी बातों को, समस्याओं को सुनते और एक सच्चे मित्र की भाँति उन्हें सही सुझाव भी देते थे। धीरे-धीरे बेंजामिन सभी कर्मचारियों के लीडर बन गए।

जॉन वाट्स भी बेंजामिन के काम से खुश था। उसने बेंजामिन के कई मशवरों को अपने दैनिक जीवन में उतारा था। उसे मालूम था कि बेंजामिन हमेशा अपने काम और कर्मचारियों के हित की बात करते हैं। अत: वे आँखें बंद करके उनकी बातें मान लिया करता था। जॉन वॉट्स की नज़रों में बेंजामिन पूरी तरह से विश्वसनीय बने थे।

पानी पीनेवाला अमेरिकन

इस प्रेस में बेंजामिन को एक नया नाम दिया गया – 'पानी

पीनेवाला अमेरिकन'। दरअसल सारे शराबियों के बीच बेंजामिन अकेले ही ऐसे कर्मचारी थे, जो केवल पानी पीकर मेहनत का काम करते थे। अगर पेपर के बक्सों को दूसरी जगह पर रखना हो तो वहाँ के लगभग 50 से भी ऊपर अन्य कर्मचारी केवल एक बक्से को ही उठा पाते थे। लेकिन बेंजामिन एक साथ दो-दो बक्से लेकर आगे बढ़ते थे। उनका कार्य देखकर वहाँ के सारे कर्मचारी अचंभित हो जाते थे। सारे कर्मचारियों को लगता था कि यह पानी पीनेवाला अमेरिकन बियर पीनेवाले कर्मचारियों से भी अधिक मज़बूत है। कर्मचारियों को लगता था कि अधिक शारीरिक श्रम के लिए बियर पीना आवश्यक है। बेंजामिन ने उन सबका यह भ्रम तोड़ दिया।

अपने काम से बेंजामिन ने प्रेस के कर्मचारियों को सिखाया कि शारीरिक मेहनतवाला काम भी सहजता से कैसे किया जाता है। उन्होंने यह साबित करके दिखाया कि **मेहनत के कार्य करने के लिए किसी बाहरी नशे की आवश्यकता नहीं है बल्कि काम करने की सच्ची लगन ही आपके लिए प्रेरणा बन सकती है।** बेंजामिन अपने कार्य से लोगों को सिखाते थे ताकि अन्य लोग भी उनका अनुसरण करें। कोई भी कठिन कार्य हो, तो वे खुद उसकी पहल करते थे। इस प्रकार बेंजामिन सबके लिए आदर्श बनते जा रहे थे।

इस प्रकार कई महीनों तक बेंजामिन वहाँ काम करते रहे और साथ ही साथ कुछ धन राशि भी जमा करते रहे। बेंजामिन की कंपोज करने की असाधारण प्रतिभा को देखकर प्रेस के मालिक ने उन्हें डिस्पैचिंग के काम में लगा दिया। इस काम के लिए उन्हें पैसे भी पहले की मात्रा में ज्यादा मिलने लगे थे इसलिए वे पैसों की बचत भी कर पाते थे। इसी दौरान उनका डेन्हैम के साथ भी पत्र-व्यवहार चलता रहता। डेन्हैम जैसा अनुभवी और ईमानदार मित्र पाकर वे अपने आपको धन्य समझ रहे थे। एक बार तो उसने बेंजामिन को वापस पेंसिल्वेनिया चले जाने की सलाह भी दी थी।

बेंजामिन को ऐसा लगने लगा जैसे वह लंदन में रहते-रहते तंग आ

गए हैं। वे मन ही मन सोचने लगे कि उन्हें वापस फिलाडेल्फिया चले जाना चाहिए। वे वहाँ जाकर पहले की भाँति आराम से रहना चाहते थे और मौज-मस्ती का जीवन जीना चाहते थे। डेन्हैम की ओर से उन्हें एक प्रस्ताव मिला कि वह बेंजामिन को अपनी फिलाडेल्फिया स्थित दुकान में बतौर लेखाकार रखना चाहता है। इसके लिए उसने बेंजामिन को 50 पौंड प्रति वर्ष देने की पेशकश की। लेकिन जॉन वाट्स की प्रिंटिंग प्रेस में उसे इससे भी अधिक वेतन मिलता था। किंतु डेन्हैम ने बेंजामिन को आश्वासन दिया कि वह कुछ ही दिनों में उनका वेतन बढ़ा देगा और उन्हें अन्य व्यापारिक जानकारियों से भी अवगत कराएगा। यही नहीं, उसने बेंजामिन को वेस्टइंडीज भेजने का भी प्रलोभन दिया। बेंजामिन ने तुरंत डेन्हैम के प्रस्ताव को मान लिया और वे एक बार फिर फिलाडेल्फिया वापस जाने की तैयारी करने लगे।

11
फिलाडेल्फिया में वापसी

लंदन में रहने के पश्चात बेंजामिन की आर्थिक दशा में कुछ अधिक सुधार नहीं हुआ था। वे अधिक धन संग्रह करने में सफल न रहे लेकिन कुछ विवेकवान लोगों से परिचय प्राप्त करने में अवश्य सफल रहे। इसके साथ ही उन्हें कुछ अच्छी पुस्तकें पढ़ने को मिल गई थीं और प्रिंटिंग प्रेस से संबंधित अधिक जानकारी भी मिल गई थी। वे एक बार फिर से समुद्री यात्रा करने जा रहे थे। इस बार वे जिस जहाज से यात्रा करनेवाले थे उसका नाम 'द वर्कशायर' (The Workshire) था। वह जहाज 23 जुलाई, 1726 को वहाँ से रवाना हुआ। जैसा कि अकसर समुद्री यात्राओं में होता है, मौसम की खराबी के कारण जहाज को कई बाधाओं का सामना करना पड़ा। हवा का रुख अनुकूल न होने के कारण वह चार दिनों तक इंग्लैंड की खाड़ी में यहाँ-वहाँ चक्कर लगाता रहा और फिर एक टापू के निकट जाकर जहाज को रोकना पड़ा।

काफी दिनों तक जहाज वहाँ रुका रहा, जिससे बेंजामिन का रोज़ाना का खर्च भी बढ़ता गया। मौसम ठंडा होने के कारण सर्दी भी लगती थी। अन्य लोग तो शराब या बियर पीकर कुछ गरमी महसूस कर लेते थे लेकिन बेंजामिन इन सब चीज़ों के सेवन से भी दूर थे। लगभग 20 दिनों तक इंग्लैंड की खाड़ी में रुकने के बाद जहाज अटलांटिक महासागर में पहुँचा तो सबने कुछ राहत की साँस ली। उस समय बेंजामिन अपने बीते हुए समय को याद कर रहे थे और भविष्य में नियमित रूप से काम करने की योजना भी बना रहे थे। अब वे चाहते थे कि वे अपने काम को इस प्रकार से व्यवस्थित करेंगे, जिससे वे अधिक से अधिक बचत कर सकें और अन्य बाकी खर्चों से भी बच सकें। अत: उन्होंने अपने जीवन के लिए कुछ उसूल निर्धारित किए। अब वे 20 वर्ष के हो चले

थे, जिसके फलस्वरूप उनमें बुद्धिमत्ता के गुणों का विकास होता जा रहा था। उन्होंने डेबोरा को भी एक पत्र लिखकर अपने फिलाडेल्फिया वापस आने की सूचना दे दी थी।

वर्नन के ऋण के रुपये अपने बड़े भाई जॉन को देने भी अभी शेष थे। उन्होंने मन ही मन तय किया कि जब तक वे पुराने कर्जे नहीं चुका लेते, तब तक कोई अन्य खर्च नहीं करेंगे। पैसे के मामले में बेंजामिन पहले से ही सतर्क थे। इसलिए भविष्य में उनके जीवन में पैसों की कोई कमी नहीं थी। ऐसा कहा जाता है कि 'जो लोग सावधान होते हैं, लक्ष्मी उन पर प्रसन्न होती है। जो लापरवाह होते हैं, उनसे लक्ष्मी हमेशा दूर भागती है।' बेंजामिन ने समय-समय पर कुदरत को ये सबूत दिए थे कि वे पैसों को सँभाल सकते हैं और उसका उचित उपयोग भी कर सकते हैं। जो इंसान पैसों का सही उपयोग करना जानता है, वह आर्थिक स्तर पर हमेशा समृद्ध रहता है। बौद्धिक स्तर पर तो बेंजामिन परिपक्व होते जा रहे थे। अब आर्थिक स्तर पर भी वे परिवक्व होते जा रहे थे।

बेंजामिन का मानना था कि **'मनुष्य को प्रत्येक अवस्था में सच बोलना चाहिए और अपनी हर उस बात का पालन करना चाहिए, जिसके लिए वह वचनबद्ध हो**। मन को शांत रखना चाहिए और हमेशा दूसरों से अच्छी सीख ग्रहण करने को तत्पर रहना चाहिए। अपने कार्य को परिश्रम से करना चाहिए तथा बहुत जल्द पैसा कमाने का विचार त्याग देना चाहिए। हमेशा धीरज रखने से ही सफलता मिलती है। किसी भी सच्ची बात को दूसरों तक पहुँचाने के लिए एक खास प्रकार के तरीके का इस्तेमाल करना चाहिए। दूसरे लोगों के दोष उजागर न करके उनके गुणों का बखान करना चाहिए।' बेंजामिन ने रोज़ाना इन सभी सीखों को अपने जीवन में उतारने की प्रतिज्ञा ली और अपने स्वभाव में बदलाव लाने की कोशिश भी की।

इस प्रकार उनके जीवन की एक और समुद्री यात्रा समाप्त हुई। 11 अक्टूबर, 1726 को 'द वर्कशायार' फिलाडेल्फिया के निकट डेलावेर नदी के किनारे आकर रुका। बेंजामिन सकुशल जहाज से उतरे। इस प्रकार

लंदन में लगभग 18 महीने रहने के बाद फिलाडेल्फिया वापस आ गए।

डेन्हैम ने बेंजामिन के वापस आते ही फिलाडेल्फिया में वाटर स्ट्रीट (Water Street) नामक स्थान पर एक दुकान किराए पर ले ली। उसने लंदन से किराने का सामान मँगवाया और दुकान को चालू कर दिया। उसने बेंजामिन को लेखाकार के रूप में दुकान में काम दे दिया। यह काम बेंजामिन के लिए बिलकुल अलग तरह का काम था। लेकिन थोड़े ही दिनों में वह सारे सामान का हिसाब-किताब रखने, सामान बेचने, खरीदने, ग्राहकों से बातचीत करने तथा उन्हें संतुष्ट करने की कला में माहिर होते चले गए।

फिलाडेल्फिया अब पहले जैसा शहर नहीं रहा था। वह काफी बदल चुका था। विलियम कीथ अब वहाँ का गवर्नर नहीं था। उसे उस पद से हटा दिया गया था।

बेंजामिन नियमित रूप से दुकान का काम करते रहे। डेन्हैम के साथ उनकी घनिष्टता तो पहले से ही थी। अब उनके संबंध पहले से भी अधिक मैत्रीपूर्ण और स्नेहपूर्ण होते जा रहे थे। डेन्हैम को बेंजामिन पर पूरा भरोसा था। वह मन ही मन यह चाहता था कि बेंजामिन को अपने व्यवसाय में हिस्सेदारी दी जाए। क्योंकि वह निश्चिंत होकर सारा काम बेंजामिन पर छोड़ना चाहता था।

लेकिन पाँचवें महीने में ही डेन्हैम को बीमारी ने घेर लिया। इसके साथ ही बेंजामिन भी बुरी तरह से बीमार पड़ गए। उन्हें भी हृदय रोग ने जकड़ लिया, जिसके कारण वे मौत के मुँह में जाते-जाते बचे। डेन्हैम की बीमारी कुछ ज्यादा ही गंभीर हो गई थी, जिसके कारण उसकी मौत हो गई। उसकी मृत्यु के पश्चात उसकी दुकान के कार्यकारिणी सदस्यों ने अपना अधिकार जमा लिया और सारा सामान बेच डाला। बेंजामिन एक बार फिर से बेरोजगार होने की श्रेणी में आ गए। उनके बहनोई होम्ज ने उन्हें सलाह दी कि वे स्वयं का प्रिंटिंग प्रेस यूनिट लगाएँ। बेंजामिन एक बार फिर से काम की तलाश में कीमर के पास गए।

कीमर के पास मैनेजर

कीमर को जब पता चला कि बेंजामिन लंदन से वापस आ गए हैं तो उसने उन्हें अच्छे वेतन का लालच देकर अपने पास बुलाना चाहा। वह उन्हें बतौर मैनेजर अपनी प्रिंटिंग प्रेस में रखना चाहता था। उसका प्रिंटिंग प्रेस का यूनिट भी पहले से कहीं बेहतर और विशाल हो गया था। उसने एक बड़ा स्थान किराये पर लिया हुआ था और साथ ही एक कागज़ का गोदाम भी बना लिया था। कुल मिलाकर वह पहले से कहीं बेहतर काम कर रहा था। उसके पास कर्मचारियों की संख्या भी बढ़ गई थी। लेकिन कुछ अनुभवी कर्मचारियों का अभाव भी था। इसलिए वह चाहता था कि बेंजामिन उन्हें काम की बारीकियाँ सिखाए, जिससे गलती की संभावना कम से कम हो।

बेंजामिन ने कीमर के साथ काम करना सहर्ष स्वीकार कर लिया। वहाँ कुछ नए कर्मचारी भी थे। वे अभी प्रिंटिंग के काम से पूरी तरह अनजान थे। उन्हें काम सिखाने की जिम्मेदारी बेंजामिन को सौंपी गई। उनमें से मेरिडिथ (Meredith) नाम का एक नौजवान था, जो समझदार, बुद्धिमान और अनुभवी लगता था। वह किसी गाँव से वहाँ काम करने आया था। लेकिन उसमें एक खराब आदत थी। वह शराब बहुत पीता था। इसके अलावा जॉन, जो कि हमेशा दूसरों से झगड़ने की फिराक में रहता था। तीसरा स्टीवन पोट्स (Stevenson Potts) था, जो किसी गाँव से काम की तलाश में आया था। चौथा जॉर्ज वेब (George Webb) था। वह स्वभाव से बहुत मज़ाकिया था और हर समय हास्यपूर्ण बातें करके दूसरों को हँसाया करता था। पाँचवाँ नौजवान डेविड हैरी (David Harry) था। बेंजामिन उन सबको एक शिष्य की भाँति काम सिखाते। धीरे-धीरे वे सब उनसे घुलमिल गए और उनका आदर करने लगे।

कीमर की प्रिंटिंग प्रेस में सभी टाइप पुरानी तरह के थे। अत: बेंजामिन का विचार था कि जल्द ही नए तरह के टाइप मँगवाए जाएँ ताकि काम की गुणवत्ता में निखार लाया जा सके। लेकिन कीमर ने उन्हें बताया कि अमेरिका में टाइप की ढलाई का काम कोई नहीं करता।

बेंजामिन ने लंदन में जॉन वाट्स के पास टाइप ढालने का काम होते हुए देखा था। लेकिन यहाँ ऐसा करना नामुमकिन था। अत: वे केवल काम चलाऊ सा टाइप ढालने का काम कर लिया करते थे, जिससे प्रिंटिंग प्रेस का काम न रुके। कुछ ही दिनों में कीमर का प्रिंटिंग प्रेस, जो कि अभी तक बहुत अस्त-व्यस्त अवस्था में था, उसे सही रूप में स्थापित किया गया और कीमर अपनी स्टेशनरी की दुकान सँभालने में व्यस्त हो गया।

12
सद्गुणों का विस्तार

जन्टो (Junto) क्लब की स्थापना

कीमर की प्रिंटिंग प्रेस में बेंजामिन का कार्य अच्छी तरह से चल रहा था। वहाँ के सारे कर्मचारियों को बेंजामिन ने प्रिंटिंग से संबंधित हर प्रकार का काम सिखाया। अब बेंजामिन के मन में एक क्लब खोलने का विचार आया। हमेशा दूसरों के हित के बारे में सोचनेवाले बेंजामिन इस क्लब के माध्यम से आम जनता में सद्गुणों का विस्तार करना चाहते थे। अपने क्लब का नाम उन्होंने 'जन्टो' रखा। जो कोई भी इस क्लब का सदस्य बनना चाहता है, उसे अपने हृदय पर हाथ रखकर यह प्रतिज्ञा करनी होती थी कि *'मेरी जन्टो के किसी भी अन्य सदस्य से कोई नाराज़गी नहीं है। मैं चाहे किसी भी प्रकार का काम करता हूँ या मेरा धर्म कोई भी हो, लेकिन मैं किसी भी दशा में किसी अन्य इंसान को अपमान या घृणा की दृष्टि से नहीं देखता हूँ। मैं सदा सत्य में विश्वास करता हूँ और मनुष्य मात्र का मित्र हूँ। मैं हमेशा सच बोलनेवालों की इज्जत करता हूँ। मैं किसी भी अवस्था में दूसरों को शारीरिक, मानसिक अथवा आर्थिक रूप से क्षति नहीं पहुँचाना चाहता और न ही कभी भविष्य में ऐसा करना चाहूँगा। मैं हमेशा सच का साथ देते हुए तथा स्वयं को पक्षपात से दूर रखते हुए सत्य का साथ दूँगा और सच को ही जनसाधारण में फैलाने का प्रयत्न करूँगा।'*

जन्टो क्लब में आरंभ में निम्न सदस्य थे–

1) बेंजामिन फ्रैंकलिन

2) जोसफ ब्रेन्टॉल (Joseph Breintall) (काव्य प्रेमी तथा दस्तावेज लिखने में कुशल)

3) थॉमस गॉडफ्रे (Thomas Godfrey) (गणितशास्त्री)

4) निकोलस स्कल (Nicolas Scull) (सर्वेक्षक)

5) विलियम पारसन्स (William Parsons) (मोची, जो आगे चलकर पेंसिल्वेनिया का सर्वेक्षक बना)

6) विलियम मौग्रीज (William Mougridge) (बक्से बनाने का कुशल कारीगर)

7) ह्यू मेरिडिथ (Huge Medirith)

8) स्टीवन पोट्स (Stevenson Potts)

9) जॉर्ज वेब (George Webb)

10) रॉबर्ट ग्रेस (Robert Grace) (एक धनवान युवक तथा बेंजामिन का मित्र)

11) विलियम कॉलमन (William Coleman) (एक व्यापारी का सहायक जो आगे चलकर बहुत बड़ा व्यापारी और न्यायाधीश बना)

जन्टो क्लब में कुछ सवाल निर्धारित किए गए थे, जिन्हें 24 प्रश्नों की एक श्रृंखला में विभाजित किया गया था। इन सवालों को सभी सदस्यों के एकत्रित होने के पश्चात पढ़ा जाता था और जिस किसी को भी उससे जुड़े किसी भी पहलू के बारे में जानना या कहना होता था, उसे थोड़ा समय दिया जाता था।

13 प्रमुख गुण

बेंजामिन का मानना था कि एक सदाचारी इंसान को कभी किसी से डरकर रहने की आवश्यकता नहीं होती। सदाचार का प्रण लेनेवाला इंसान किसी का अहित नहीं चाहता। इस प्रकार का मानसिक प्रण ही इंसान को किसी प्रकार के अपराध करने से रोकता है। बेंजामिन के अनुसार, **इंसान के मन में जिस प्रकार की धारणा होती है, उसका मन उसी दिशा में**

कार्य करता है। उन्होंने इसी धारणा को पूरा करने के लिए कुछ सद्गुणों की व्याख्या दी और उन्हें कुछ लक्ष्य दिए, जो इस प्रकार हैं –

1) **संतुलन** - कभी भी इतना भोजन न करें कि आपको सुस्ती आने लगे और इतना अधिक पानी न पीएँ, जिससे सिर घूमने लग जाए।

2) **मौन** - दूसरों तथा स्वयं को लाभ पहुँचाने के सिवाय अधिक नहीं बोलना चाहिए। बेकार की बातों से दूर रहें।

3) **व्यवस्था** - अपनी हर वस्तु को उसके यथास्थान पर ही रखें तथा अपने हर कार्य को उचित समय दें।

4) **संकल्प** - आप जो भी कार्य करना चाहते हैं, उसे पूर्ण करने का संकल्प करें और ऐसा संकल्प करने के बाद किसी भी स्थिति में उस कार्य को अधूरा न रखें।

5) **किफायत** - अपने पैसे को दूसरों अथवा अपनी भलाई के लिए ही खर्च कीजिए। इसके अलावा पैसे को व्यर्थ न गवाएँ।

6) **उद्योग** - समय को कभी नष्ट मत कीजिए। हमेशा किसी न किसी उपयोगी कार्य में जुटे रहें और व्यर्थ के कार्यों से बचें।

7) **निष्ठा** - किसी को धोखा न दें। अपने विचारों में न्यायप्रियता और निष्कपटता रखें। हमेशा विनम्रता से ही बातचीत करें।

8) **इंसाफ** - दूसरों को लाभ पहुँचाने के अपने कर्तव्य को कभी न भूलें। दूसरों को कष्ट हो, ऐसा कार्य कभी न करें। अगर आपसे किसी इंसान को लाभ हो सकता है, तो उस लाभ से उस इंसान को वंचित न करें।

9) **क्षमा** - यदि आप समझते हैं कि किसी ने आपका नुकसान किया है तो उसे क्षमा करें।

10) **स्वच्छता** - अपने शरीर, कपड़ों तथा घर में कभी अस्वच्छता न बनाए रखें।

11) **शांति** - निरर्थक बातों में अपने दिमाग का संतुलन न बिगड़ने दें, हमेशा शांति बनाए रखें।

12) **पवित्रता** - अपने हृदय को सदा पवित्र रखें तथा उसमें कभी भी किसी के लिए कोई कुविचार न लाएँ।

13) **नम्रता** - ईसा मसीह तथा सुकरात का अनुसरण करें।

उपरोक्त प्रत्येक सद्गुण को बेंजामिन ने एक तालिका के माध्यम से भी प्रदर्शित किया था ताकि उससे प्रतिदिन के गलत कार्यों की गणना की जा सके। वे पूरे सप्ताह तक किसी एक सद्गुण पर विशेष ध्यान रखते थे। इसी प्रकार दूसरे, तीसरे...। इस तरह पूरे वर्ष में एक सद्गुण का नंबर चार बार आता था। इस प्रकार प्रत्येक सप्ताह क्रमानुसार सभी सद्गुणों की ओर ध्यान देने से वे अपनी कमियों को आसानी से सामने ला सकते थे। हालाँकि उन्हें शुरुआत में इसके अच्छे परिणाम नहीं मिले, परंतु बाद में चलकर वे इससे बहुत संतुष्ट थे।

बेंजामिन का मानना था कि इतना सब करने के पश्चात भी वे नम्रता तथा व्यवस्था जैसे सद्गुणों को ग्रहण करने में नाकाम रहे। वे प्रतिदिन प्रातःकाल एक से डेढ़ घंटे का समय पढ़ने के लिए निकालते। इस दौरान वे दूसरी भाषाएँ सीखते, उन भाषाओं में लिखा गया साहित्य पढ़ते तथा शतरंज खेलते। उन्हें गाने की विद्या भी बहुत अच्छी लगती थी। वे अकसर गाने का अभ्यास करते और कभी-कभी मित्रों के साथ गा भी लिया करते थे। इस प्रकार बेंजामिन अपने भीतर गुणों का विकास करते जा रहे थे।

13
कीमर से मतभेद

कीमर के साथ कार्य करते हुए बेंजामिन को छह महीने हो चले थे। सभी नए कर्मचारी अब अपने-अपने कार्य में निपुण हो गए थे। कीमर को यह लगने लग गया था कि वह बेंजामिन को बेवजह बहुत सारा वेतन दे रहा है, जिसकी अब कोई आवश्यकता नहीं थी। बेंजामिन के प्रति उसका लगाव भी पहले की अपेक्षा कम होता जा रहा था। एक दिन उसने बहाने से बेंजामिन को यह कह दिया कि 'तुम मुझसे बहुत अधिक वेतन ले रहे हो। अगले माह से मैं कुछ रुपये काटकर बाकी बचा हुआ वेतन तुम्हें दूँगा।'

कीमर ने बेंजामिन से कई बार इस प्रकार के वाक्य कहे। वह बात-बात में किसी न किसी बहाने से उन्हें यह बात जता देते कि उनके काम में कमी है और वे अपने काम को पूरा मन लगाकर नहीं कर रहे। कभी-कभी तो कीमर बेंजामिन को उनकी छोटी सी गलती पर भी अपमानित करते और खूब खरी-खोटी सुनाते। लेकिन बेंजामिन उसकी हर बात हँसी में टाल जाते और धैर्यपूर्ण उसे सहन करते। बेंजामिन लोक व्यवहार की कला से अच्छी तरह अवगत थे। वे अच्छी तरह से जानते थे कि सामनेवाले को कैसे योग्य प्रतिक्रिया देनी है। वरना आज लोगों की वृत्तियाँ (आदतें) और पैटर्न इतने पक्के हो गए हैं कि किसी ने उन्हें कुछ कहा नहीं कि वे क्रोध में आकर तुरंत जवाब दे देते हैं, गलत प्रतिक्रिया करते हैं। लेकिन बेंजामिन पर यदि कोई क्रोधित हुआ हो तो वे उसे विपरीत प्रतिसाद देते थे और सामनेवाले को सोचने के लिए मज़बूर कर देते थे। जैसे एक टीचर ने जब बच्चे को पीटा तो वह हँसने लगा। यह देखकर टीचर ने उस बच्चे से कहा, 'अरे नालायक! मैं तुझे मार रहा हूँ और तू हँस रहा है!' तब उस बच्चे ने कहा, 'आपने ही तो सिखाया

है कि मुसीबतों का सामना सदा हँसकर करना चाहिए।' इसे विपरीत प्रतिसाद कहते हैं यानी ऐसा व्यवहार जो निराशा, सुस्ती और क्रोध को दूर भगाकर आशा, रचनात्मकता और खुशियों को पास बुलाता है।

बेंजामिन समझ चुके थे कि अब कीमर को उनकी आवश्यकता नहीं है। फिर भी उन्होंने कभी कीमर के साथ गलत व्यवहार नहीं किया। लेकिन एक दिन हालात ऐसे हो गए कि उन्हें कीमर की नौकरी छोड़नी पड़ी। कीमर ने छोटी सी बात पर उन्हें इतनी बुरी तरह से सबके सामने फटकार लगाई कि वे इस अपमान को सहन न कर सके और तीन महीने के करार की परवाह किए बिना नौकरी छोड़कर चले गए।

उसी शाम उनका मित्र मेरिडिथ उनके निवास पर उनसे मिलने आया। कीमर के साथ मेरिडिथ का करार भी कुछ ही दिनों में समाप्त होनेवाला था। उसने बेंजामिन को बताया कि कीमर की देनदारी बहुत अधिक हो गई है, जिसके कारण वह अकसर अपना मानसिक संतुलन खो देता है और दूसरों से अपशब्द बोल देता है। कीमर ने बहुत से लोगों को माल उधार दे रखा है, जिसके कारण लोग उसे पैसे देने में भी आनाकानी करते हैं। बेंजामिन सारी स्थिति को समझ रहे थे और सोच रहे थे कि आगे क्या किया जाए।

मेरिडिथ के साथ साझेदारी का प्रस्ताव

मेरिडिथ ने कहा, 'मेरे पिता का कहना है कि यदि मैं किसी ऐसे अनुभवी इंसान के साथ मिलकर कार्य करूँ, जिसे प्रिंटिंग के सारे काम की जानकारी हो तो वे इस काम के लिए रुपये लगाने को तैयार हैं। यदि तुम इस काम में मेरा साथ दो तो हम दोनों मिलकर अपना स्वयं का प्रिंटिंग प्रेस का यूनिट लगा सकते हैं। मेरे पिता लंदन से सारा सामान मँगवाने की व्यवस्था कर देंगे और उसके बाद हम मिलकर काम कर सकते हैं। इस काम में पूँजी मेरी होगी और कारीगरी तुम्हारी होगी। हम दोनों बराबर के हिस्सेदार होंगे।'

मेरिडिथ की बातें सुनकर बेंजामिन ने सोच-विचार करके उसे अपनी सहमति दे दी।

सौभाग्यवश उस समय मेरिडिथ के पिता फिलाडेल्फिया में ही थे। मेरिडिथ और बेंजामिन दोनों भी जाकर उनसे मिले और अपने विचार प्रकट किए। मेरिडिथ के पिता बेंजामिन से भली-भाँति परिचत थे। वे यह भी जानते थे कि बेंजामिन एक सज्जन नौजवान है और उसने मेरिडिथ की शराब छुड़ाने की बहुत कोशिश की है। वैसे भी इस साझेदारी से उनके पुत्र मेरिडिथ का भविष्य जुड़ा हुआ था और वे यह सोचकर निश्चिंत थे कि बेंजामिन की निगरानी में रहने से मेरिडिथ की शराब पीने की आदत शायद पूरी तरह से छूट जाए। अत: उन्होंने खुशी-खुशी इस काम के लिए अपनी सहमति दे दी।

बेंजामिन ने सोचा कि जब तक मेरिडिथ के पिता द्वारा मँगवाया हुआ सारा सामान नहीं आ जाता, तब तक उन्हें कहीं न कहीं तो काम करना ही होगा। उस समय उनके पास कोई जमा पूँजी भी नहीं थी। वे काम के लिए ब्रेडफर्ड के पास भी गए। लेकिन उसके पास बेंजामिन के लिए कोई काम नहीं था। वे इसी प्रकार कुछ दिनों तक काम की तलाश में यहाँ-वहाँ भटकते रहे।

फिर एक दिन एक आदमी ने उन्हें कीमर का संदेश लाकर दिया। उसमें लिखा था, 'बेंजामिन! हम दोनों के संबंध बहुत पुराने हैं। इतने लंबे समय से चले आ रहे मधुर संबंधों को किसी साधारण सी बात के कारण तोड़ देना ठीक नहीं। अत: तुम चाहो तो मैं तुम्हें अभी भी अपनी प्रिंटिंग प्रेस में मैनेजर का पद देने को तैयार हूँ।'

बेंजामिन ने कीमर के संदेश के बारे में मेरिडिथ तथा अपने अन्य मित्रों को बताया। उन दिनों सरकार द्वारा नए प्रकार के नोट जारी करने का निश्चय किया गया था। कीमर चाहता था कि नोटों की छपाई का काम उसे मिले। लेकिन नोटों की छपाई के लिए बेंजामिन जैसे कुशल और अनुभवी इंसान का होना आवश्यक था। कीमर अच्छी तरह से जानता था कि उसे बेंजामिन जैसा निपुण कारीगर कहीं नहीं मिल सकता, जो सारे काम को बखूबी अंजाम दे सकता है। यही कारण था कि उसने बेंजामिन को दोबारा बुलावा भेजा था। बेंजामिन भी कीमर की चाल को

भली-भाँति समझ गए थे। किंतु फिर भी उन्होंने कीमर के पास जाना सहर्ष स्वीकार कर लिया।

एक बार पुन: वे कीमर की प्रिंटिंग प्रेस में आकर काम करने लगे। थोड़े ही दिनों में नोटों की छपाई का काम भी कीमर को मिल गया और उसकी तैयारी बेंजामिन की देखरेख में होने लगी। बेंजामिन ने सुंदर टाइप तैयार किए और एक ब्लॉक भी बनाया, जिसे छपाई के काम में प्रयुक्त किया जा सके। नोटों को छापने के लिए तांबे का एक मुद्रण उपकरण भी बनाया गया। सारी तैयारी हो जाने के बाद वे कीमर के साथ बर्लिंगटन गए और वहाँ सरकारी अधिकारियों की देखरेख में ही नोटों की छपाई का काम किया।

यह काम लगभग तीन महीने तक चला। सारे नोट छप जाने के बाद सरकार की ओर से उन्हें बहुत पसंद किया गया और उनके काम को सराहा भी गया। कीमर को इस काम से बहुत लाभ हुआ। इन तीन महीनों के दौरान बेंजामिन की जान-पहचान सरकार के कई उच्च अधिकारियों, न्यायाधीश, परगने के सेक्रेटरी तथा कई विशिष्ट लोगों से हो गई। बेंजामिन स्वभाव से ही विनम्र थे और पुस्तकें पढ़कर उन्होंने दुनियाभर का ज्ञान भी अर्जित कर लिया था। वे जब भी किसी उच्च अधिकारी से बात करते तो उनकी बातों का स्तर इतना ऊँचा होता कि सामनेवाला उनके सामने नतमस्तक होकर रह जाता। वे लोग भी बेंजामिन की बहुत इज्जत करते, उन्हें अपने साथ बिठाते, अपने घर ले जाकर अपने परिवार और सगे-संबंधियों से उनका परिचय कराते।

सरकारी काम समाप्त होते ही वे वापस फिलाडेल्फिया आ गए और पहले की भाँति अपने काम में लग गए। थोड़े ही दिनों में मेरिडिथ के पिता द्वारा मँगवाया हुआ सारा सामान भी आ गया। कीमर को इसकी भनक तक नहीं थी कि बेंजामिन और मेरिडिथ मिलकर अपना प्रिंटिंग प्रेस का यूनिट लगा रहे हैं। दोनों ने कीमर की नौकरी को अलविदा कह दिया।

14
बेंजामिन और मेरिडिथ की साझेदारी

बेंजामिन और मेरिडिथ ने एक बाज़ार में 20 पौंड वार्षिक किराए का एक मकान तलाश कर लिया और उसमें अपना प्रिंटिंग प्रेस का यूनिट लगाया। यह मकान उनकी आवश्यकता से काफी बड़ा था। इसलिए उन्होंने उसके एक भाग में प्रिंटिंग की मशीन, टाइप तथा बाकी का सामान रखा और इसका दूसरा भाग उनके मित्र थॉमस गॉडफ्रे को दे दिया, जो एक गणितशास्त्री था और कीमर के पास भी काम करता था। सबसे पहले उन्हें जो काम मिला, उसमें से उन्हें 5 शिलिंग का लाभ हुआ।

बेंजामिन का कहना था, 'इन 5 शिलिंग का मेरे जीवन में बहुत महत्त्व है। ये हमारे व्यापार की पहली कमाई थी और ये हमें उस समय मिले, जब हम बड़े आर्थिक संकट में थे। मुझे इन 5 शिलिंग ने दूसरी बार मिले 5 शिलिंग की अपेक्षा अधिक सुकून दिया।'

बेंजामिन के जन्टो क्लब के सदस्यों ने भी उनके लिए प्रिंटिंग का काम लाने में उनकी मदद की। इसी दौरान उन्हें क्वेकर पंथ पर एक पुस्तक छापने का भी काम मिला। शुरुआत में वे बाज़ार से भी सस्ते दामों पर कार्य करके देते ताकि अपनी साख बना सकें। वे देर रात तक कार्य करते और अगले दिन की तैयारी करके ही सोते। उनकी मेहनत और काम करने की लगन से आप-पास के लोग भी परिचित होने लगे।

यह बात धीरे-धीरे लोगों के बीच फैलती गई कि शहर में जो तीसरी प्रिंटिंग प्रेस खुली है, उसे चलानेवाले नौजवान प्रशंसा के काबिल हैं। ये दोनों वास्तव में उद्यमी और परिश्रमी हैं।'

डॉक्टर के मुँह से इस प्रकार की बातें सुनकर एक कागज़ और

स्टेशनरी बेचनेवाले दुकानदार का मन इस कदर पिघल गया कि वह बेंजामिन को कागज़ और बाकी का सारा सामान उधारी पर देने के लिए तैयार हो गया। लेकिन बेंजामिन का ऐसा कोई विचार नहीं था। अत: उन्होंने सधन्यवाद उसे मना कर दिया।

दरअसल उधारी पर सामान लेने का बेंजामिन के पास यह अच्छा मौका था लेकिन उन्होंने ऐसा नहीं किया क्योंकि वे सिद्धांतों पर चलनेवाले इंसान थे। उन्होंने कम उम्र में ही अपने जीवन के कुछ सिद्धांत बनाए थे, जैसे अपने बलबूते पर कार्य करना, शराब न पीना और मांसाहारी भोजन छोड़कर, शाकाहारी भोजन खाना। ऐसे ही कुछ सिद्धांतों में एक सिद्धांत पैसे से भी संबंधित था। बिना आवश्यकता के उन्होंने कभी किसी से लोन और उधारी का सामान नहीं लिया। सभी की नज़रों में वे विश्वसनीय थे इसलिए लोग सहृदय से उनकी सहायता करने के लिए तैयार रहते थे। लेकिन बेंजामिन ने अपने सिद्धांतों से कभी भी समझौता नहीं किया। समाज में इंसान की सही पहचान उसके व्यवहार, समय का सही उपयोग, काम में सही चुनाव आदि सिद्धांतों से होती है। जैसे एक नौजवान अपने पैसे का सही उपयोग करने के लिए यह तय कर सकता है कि झूठी शान और शौकत के पीछे वह अपनी मेहनत की कमाई बरबाद नहीं करेगा। किसी विज्ञापन की संस्था का यह निर्णय हो सकता है कि सेहत के लिए हानिकारक पदार्थ जैसे शराब, सिगरेट, गुटका, तंबाकु आदि का प्रचार-प्रसार वह नहीं करेगी। इस प्रकार के छोटे-छोटे निर्णय ही आगे चलकर इंसान के जीवन के मज़बूत सिद्धांत बनते हैं। बेंजामिन ने भी अपने जीवन में ऐसे ही कई छोटे-छोटे सिद्धांत बनाए थे और उन्हीं सिद्धांतों के अनुसार वे जीवनभर कार्यरत रहे।

अब बेंजामिन को अपनी प्रिंटिंग प्रेस स्थापित किए हुए एक वर्ष हो गया था। बेंजामिन कई दिनों से मन ही मन एक समाचार पत्र का प्रकाशन करना चाह रहे थे। वे चाहते थे कि फिलाडेल्फिया से एक ऐसे समाचार पत्र का प्रकाशन किया जाए, जो सबसे अलग तरह का समाचार पत्र हो। वे अभी इस योजना को गुप्त रखना चाहते थे। किंतु एक बार उनके अपने

ही मुँह से यह बात बाहर निकल गई और जॉर्ज वेब के माध्यम से कीमर तक यह खबर पहुँच गई।

अपना प्रिंटिंग का व्यवसाय शुरू करने के बाद बेंजामिन- कीमर के लिए सबसे बड़े प्रतियोगी बन गए थे। हालाँकि बेंजामिन ने कभी किसी को अपना प्रतियोगी नहीं माना, वे तो बस अपने तरीके से कार्य करते थे। कोई उनसे अधिक विकास करे, इस बात से वे कभी परेशान नहीं होते थे। क्योंकि उनका ध्यान हमेशा अपने कार्य पर होता था। लेकिन कीमर का ध्यान बेंजामिन क्या नया करनेवाला है, इस पर होता था इसलिए समाचार पत्र के प्रकाशन की खबर सुनते ही कीमर ने बेंजामिन से पहले ही अपना समाचार पत्र प्रकाशित करने की योजना बनाई। हालाँकि कीमर ने यह निर्णय जल्दबाजी में लिया था। ऐसे निर्णय सफल हों, यह ज़रूरी नहीं है। बेंजामिन से आगे जाने की होड़ में कीमर ने तुरंत एक विज्ञापन निकाला, जिसमें एक नए समाचार पत्र के प्रकाशित होने की जानकारी थी।

कुछ ही दिनों में कीमर ने 'यूनिवर्सल इन्स्ट्रक्टर इन ऑल आर्टस एंड साइंसिस पेंसिल्वेनिया गजट' (The Universal Instructor in all Arts and Sciences and Pennsylvania Gazette) के नाम से अपना समाचार पत्र प्रकाशित कर दिया। बेंजामिन को कीमर का यह कार्य मूर्खतापूर्ण ज़रूर लगा लेकिन कीमर के प्रति उनके मन में कभी द्वेष की भावना नहीं जागृत हुई और न ही उनके कार्य में कभी कोई कमी आई। उन दिनों ब्रेडफर्ड भी एक समाचार पत्र का प्रकाशन करता था, जिसका नाम 'मरक्यूरी' (Mercury) था। बेंजामिन ने इसमें कुछ ऐसे लेख लिखने शुरू कर दिए, जो पाठकों को पढ़ने में अच्छे लगे। उनके द्वारा लिखे गए इन लेखों को जनता चाव से पढ़ने लगी। कुछ ही समय में बेंजामिन के लिखे लेखों ने धूम मचा दी। उनके द्वारा लिखे गए लेख नियमित रूप से 'उद्गार' के नाम से छपने लगे। बेंजामिन अपने जीवन में आए इन छोटे-छोटे मौकों का भी लाभ उठाते थे। उनका मानना था कि विश्व में सबके लिए सब कुछ भरपूर है। इसलिए वे कीमर और ब्रेडफर्ड जैसे व्यापारियों

को अपना प्रतियोगी नहीं बल्कि सह निर्माता मानते थे। आपके जीवन का हिस्सा बननेवाला हर इंसान आपका सह निर्माता ही है। उससे आपको अपने जीवन के कुछ न कुछ सबक सीखने हैं। बेंजामिन इस प्रकार सभी से सबक सीखते हुए अपने जीवन में आगे बढ़ रहे थे।

बेंजामिन का पुस्तक लेखन

कुछ समय से पेंसिल्वेनिया में कागज़ के नोटों के संबंध में वाद-विवाद चल रहा था। सन् 1723 में सरकार द्वारा 15,000 पौंड के कागज़ के नोट जारी किए गए थे। किंतु अब उन नोटों को वापस लेने का समय आ रहा था। लेकिन उन नोटों के लिए लोगों में माँग बहुत अधिक थी। धनवान लोग अधिक संख्या में नोट जारी किए जाने के विरुद्ध थे। न्यूजीलैंड तथा दक्षिण केरोलीना में प्रचलित नोटों का भाव भी बहुत नीचे गिर चुका था। सन् 1723 में जारी किए गए नोटों से यहाँ के व्यापार और अर्थ व्यवस्था में काफी सुधार हुआ था। बेंजामिन जन्टो क्लब के माध्यम से भी नोटों के जारी होने के विषय में विचार-विमर्श करते। उनका मानना था कि कागज़ के नोटों का जारी होना जनता के हित के लिए उचित है।

मार्च, सन् 1727 में उन्होंने इसी विषय को लेकर **'नोटों के चलन का स्वरूप तथा उनकी आवश्यकता की साधारण खोज'** (A modest inquiry into the nature and necessity of paper currency) के नाम से एक पुस्तक का लेखन पूरा किया। यह अपने आपमें बहुत आश्चर्य की बात थी कि मात्र 23 वर्ष के एक नौजवान ने अपने घर से मीलों दूर बैठकर पेंसिल्वेनिलया जैसे देश में रहकर एक पुस्तक का लेखन किया हो। उन्होंने इस पुस्तक में रुपये का स्वरूप, परिश्रम तथा मूल्यों आदि जैसे अनेक विषयों पर प्रकाश डाला था। पुस्तक के अंत में उनका कहना था कि 'इस पुस्तक को प्रकाशित करने का मेरा केवल एक ही उद्देश्य है कि सत्य का शोध हो सके। अत: जो कोई सज्जन मुझे मेरी कोई त्रुटि बताएगा तो उसका हार्दिक आभार होगा।' इस पुस्तक का प्रभाव इतना अधिक हुआ कि सरकार को नए नोट जारी करने के लिए बेंजामिन की इच्छानुसार कार्य करना पड़ा और उसके परिणाम भी बहुत उपयोगी साबित हुए।

बेचारे कीमर की हालत अब दिन-प्रतिदिन बिगड़ती जा रही थी। उसका प्रिंटिंग का धंधा मंदा पड़ता जा रहा था। यही नहीं, उसे कुछ समय के लिए अपना समाचार पत्र भी बंद करना पड़ा। जैसे-जैसे दिन बीतते गए, उसकी दशा पहले से भी अधिक खराब होती गई। परिस्थिति से हारकर उसने अपना समाचार पत्र बेंजामिन और मेरिडिथ को सस्ते दामों में बेच दिया।

15
पेंसिल्वेनिया गजट समाचार पत्र

बेंजामिन और मेरिडिथ ने कीमर के समाचार पत्र को अब छोटे नाम से प्रकाशित करने का विचार बनाया। अतः अब इसका नाम 'पेंसिल्वेनिया गजट' रख दिया गया। इस समाचार पत्र के संपादन का कार्यभार बेंजामिन ने अपने पास ही रखा। 2 अक्टूबर, सन् 1729 को यह अपने नए नाम के साथ पहली बार प्रकाशित हुआ। इसके प्रथम प्रकाशन के लिए उन्हें केवल सात विज्ञापन ही मिले। किंतु एक धार्मिक पुस्तक के विज्ञापन के फलस्वरूप उसकी खूब माँग हुई। इस समाचार पत्र के प्रथम संस्करण में संपादक की ओर से पाठकों के लिए एक लेख भी था। जो इस प्रकार था –

'पेंसिल्वेनिया से सबसे अच्छा समाचार पत्र प्रकाशित करने के लिए बहुत समय से लोग प्रयत्नशील थे। आज से हम इसकी जिम्मेदारी लेते हैं। लेकिन इस समाचार पत्र को जनता के अनुकूल पेश करने के लिए हमें आप सभी की सहायता चाहिए। हम उम्मीद करते हैं कि हमें यथा समय आप लोगों से पूरी सहायता मिलेगी। एक अच्छे समाचार पत्र का प्रकाशन करना कोई सरल कार्य नहीं है, जितना कि आप समझते हैं। इसके लिए कई भाषाओं का ज्ञान आवश्यक है, लेखनी में स्पष्टता और विशेषज्ञता भी आवश्यक है, भौगोलिक व ऐतिहासिक जानकारी आवश्यक है। उन्हें देश-विदेश के रीति-रिवाजों तथा प्रथाओं का भी ज्ञान होना आवश्यक है। संसार में ऐसे लोगों का अभाव है, जो इन सभी शर्तों को पूरा करते हों। इस समाचार पत्र का मालिक ज्ञान संबंधी इस अभाव की पूर्ति केवल आप लोगों की सहायता से ही पूरी कर सकता है। हम आप लोगों को यह यकीन दिलाते हैं कि यदि आप समय-समय पर हमारा उत्साह बढ़ाते

रहेंगे, तो हम भी पेंसिल्वेनिया गजट को अधिक मनोरंजक और सर्वश्रेष्ठ बनाने की पूरी कोशिश करेंगे।'

उपरोक्त लेख द्वारा बेंजामिन ने पूरी ईमानदारी से अपनी बात लोगों तक पहुँचाई और लोगों को महत्त्व देकर उनसे सहायता माँगी। सफलता के शिखर की ओर बढ़ते बेंजामिन लोक व्यवहार की कला अच्छी तरह से जानते थे। इस प्रकार के लेख लिखकर उन्होंने कई लोगों का सहयोग पाया। हर इंसान को जीवन में सफल बनने के लिए लोगों के सहारे तथा मार्गदर्शन की ज़रूरत होती है। लोगों को दुःखी करके वह अपने जीवन में रुकावटें डालता है। सूझबूझ से कार्य करनेवाला एक सफल लीडर यह जानता है कि लोगों का सहयोग पाने के लिए, सबसे पहले उनकी ज़रूरतों और इच्छाओं को जानना आवश्यक है। ह्यूमन साइकोलॉजी कहती है कि लोगों की मानसिक (साइकोलॉजीकल नीड्स) ज़रूरतें हैं। आपके कार्य से लोगों को क्या मिलनेवाला है? उनकी कौन सी ज़रूरत पूरी होनेवाली है? यदि आप उनकी ज़रूरत जान जाएँ और उसे पूरा कर पाएँ तो निश्चित ही लोग आपको सहयोग करना चाहेंगे।

लोग इस समाचार पत्र में क्या पढ़ना चाहेंगे? इस सवाल पर सोच-विचार करके बेंजामिन ने शुरुआत में अपने समाचार पत्र में विविध प्रकार के विज्ञापन, व्यापारियों तथा आम आदमियों द्वारा कई प्रकार की सूचनाएँ, नौकरी के लिए सूचना, खोया और पाया जैसी खबरें तथा पुरानी वस्तुओं को खरीदने व बेचने जैसी खबरों को छापना शुरू किया। इसके साथ-साथ इसमें कुछ विदेशी खबरों को भी प्रकाशित किया। कई यात्रा संस्मरण भी प्रकाशित किए। आगे चलकर यही एकमात्र समाचार पत्र अमेरिका का ऐसा समाचार पत्र बना, जिसमें सबसे पहले राजनीति से संबंधित कार्टून प्रकाशित किया गया था। इसे भी स्वयं बेंजामिन फ्रैंकलिन ने ही बनाया था। दिन-प्रतिदिन यह समाचार पत्र फिलाडेल्फिया के लोगों को पसंद आने लगा।

कुछ समय तक अपने समाचार पत्र में साहित्य संबंधी अंक प्रकाशित करने के पश्चात बेंजामिन ने उसमें साहित्य के विभिन्न क्षेत्रों की चर्चा

का विषय भी जोड़ दिया। उनके स्वयं के लिखे हुए लेख बहुत शिक्षाप्रद तथा उदार विचारों से भरे होते थे। स्थानीय लोगों में प्रेम तथा भाईचारे का संदेश देने में 'पेंसिल्वेनिया गजट' ने एक महत्वपूर्ण भूमिका निभाई। बेंजामिन कई बार दूसरों के नाम से ऐसे-ऐसे लेख लिखकर प्रकाशित करते कि उसे पढ़ने के बाद लोग उनके बारे में चर्चा करने को जिज्ञासु हो जाते और ऐसे लेखों के प्रति अपनी प्रतिक्रिया तक लिखने को तैयार हो जाते। इसके अलावा समय-समय पर लिखे गए मनोरंजक लेख भी लोगों को उनके नित्य जीवन से खींचकर दूर ले जाते और वे कुछ समय तक अपने दैनिक जीवन की समस्याओं से दूर होकर मनोरंजन की दुनिया में चले जाते।

रोज़गार विज्ञापन के जनक बेंजामिन

उसी समय बेंजामिन को रोज़गार के विज्ञापन भी छापने का विचार आया। उस समय अन्य समाचार पत्रों में विज्ञापन तो छपा करते थे लेकिन वे पेपर पर बहुत छोटे से चौकोन में होते थे इसलिए लोगों का उन विज्ञापनों पर अधिक ध्यान नहीं जाता था। बेंजामिन को रोज़गार के विज्ञापन छापने का जनक कहा जाता है। लोग उनके समाचार पत्र में अपने माल को खरीदने अथवा बेचने संबंधी विज्ञापन छपवाते थे। किंतु रोज़गार के विज्ञापनों ने समाचार पत्रों की दुनिया में एक क्रांति ला दी। फिर धीरे-धीरे विज्ञापनों के साथ चित्र भी छपने लग गए। कभी-कभी तो विज्ञापनों की संख्या इतनी अधिक हो जाती थी कि बाकी की खबरें देने के लिए बहुत कम स्थान रह जाता था। उस दौर में बेंजामिन का यह समाचार पत्र लोगों को अधिक मात्रा में उपयोगी साबित हो रहा था।

बेंजामिन को मिला सरकारी कार्य

बेंजामिन और मेरिडिथ ने बहुत छोटे पैमाने पर अपने प्रिंटिंग प्रेस के कार्य का शुभारंभ किया था। लेकिन वहाँ का सारा कार्य बेंजामिन को ही देखना पड़ता था। मेरिडिथ केवल नाम के लिए ही कार्य करता था। हालाँकि उन्होंने सहायता के लिए एक नौकर भी अपने साथ रखा हुआ था। बेंजामिन पर आर्थिक संकट का बोझ बढ़ता जा रहा था। इसके

बावजूद बेंजामिन ने वर्नन से लिया हुआ, अपने भाई जॉन का पैसा धीरे-धीरे उन्हें लौटाया। हालाँकि उनके भाई ने उनसे पैसों की माँग नहीं की थी, फिर भी सिद्धांतों पर कार्य करनेवाले बेंजामिन ने उनका सारा कर्ज चुकता किया।

मेरिडिथ की शराब पीने की आदत भी कम होने की बजाय बढ़ती जा रही थी। वह अधिक परिश्रमी भी नहीं था। उसने कई लोगों से कर्ज भी ले रखा था। बेंजामिन किसी प्रकार काम को बढ़ाना चाहते थे। फिर एकाएक उनका ध्यान सरकारी कार्य की ओर गया। फिलाडेल्फिया में प्रिंटिंग का सारा सरकारी कार्य ब्रेडफर्ड की प्रिंटिंग प्रेस में ही होता था। बेंजामिन तथा मेरिडिथ को भी कभी-कभी थोड़ा काम मिल जाया करता था। लेकिन वे चाहते थे कि सरकार की ओर से दिया जानेवाला अधिक से अधिक काम उनके पास आए।

एक बार की बात है। ब्रेडफर्ड ने एक बार अपने समाचार पत्र में गवर्नर के भाषण को कुछ इस प्रकार से छापा कि उसमें कुछ त्रुटियाँ रह गई थीं और वह दिखने में भी सुंदर नहीं लग रहा था। बेंजामिन ने जब उस पत्र में गवर्नर का भाषण छपा हुआ देखा तो एकाएक उनके मन में एक विचार आया। उन्होंने तुरंत इसकी एक प्रति अपनी प्रिंटिंग प्रेस में छापी और उसकी एक-एक कॉपी व्यवस्थापक सभा के प्रत्येक सदस्य के पास भिजवा दी। जब सदस्यों ने बेंजामिन के काम को देखा तो उन्हें वह बहुत अच्छा लगा। बेंजामिन का साफ-सुथरा काम देखकर ही वे समझ गए कि यह किसी पढ़े-लिखे और योग्य लेखक का ही काम है। एन्ड्रयू हैमिल्टन भी उसी सभा के सदस्य थे। ये वही हैमिल्टन थे, जिनसे बेंजामिन की मुलाकात लंदन में हुई थी और जो कीथ की जालसाजी का शिकार होते-होते बच गए थे। सरकारी अधिकारियों ने तय कर लिया कि अब वे सारा का सारा कार्य बेंजामिन को ही दिया करेंगे।

इससे बेंजामिन और मेरिडिथ के व्यापार में बढ़ोतरी हुई और उन्हें बहुत बड़ी मात्रा में काम मिलने लगा। थोड़े ही दिनों में सरकार द्वारा नोटों की छपाई का काम होना तय हुआ। बेंजामिन तो पहले से ही नोटों की

छपाई को लेकर अपनी पुस्तक से विख्यात हो चुके थे। अत: नोटों की छपाई का काम भी उन्हें ही दिया जाना तय हुआ।

मेरिडिथ के साथ साझेदारी तोड़ना

लेकिन अभी बेंजामिन के सिर पर एक अन्य खतरा मंडरा रहा था। दो वर्ष पूर्व जब उन्होंने मेरिडिथ के साथ व्यवसाय शुरू किया था तो प्रिंटिंग प्रेस का सारा सामान खरीदने के लिए मेरिडिथ के पिता ने पूँजी का इंतजाम किया था। उस समय उन्होंने 200 पौंड खर्च किए थे। लेकिन वे उस समय केवल 100 पौंड ही दे पाए थे। बाकी के 100 पौंड अभी चुकाने शेष थे, जिनका भुगतान बेंजामिन और मेरिडिथ को करना था। मेरिडिथ के पिता ने लंदन से जिस व्यापारी से सामान मँगवाया था, वह अब अपने रुपये माँग रहा था और उसने उनका व्यवसाय उजाड़ने की धमकी भी दी।

इधर मेरिडिथ की ओर से काम में सहायता न करने के कारण बेंजामिन पहले से ही परेशान थे। वे चाहकर भी उसके साथ की गई साझेदारी तोड़ नहीं सकते थे क्योंकि ऐसा करना मेरिडिथ के पिता के उपकार का तिरस्कार करना था। अत: उन्होंने मेरिडिथ से कहा, 'मुझे लगता है कि तुमने मेरे साथ जो काम शुरू किया है, उसके लिए तुम्हारे पिता तुमसे खुश नहीं हैं। हो सकता है कि वे इस साझेदारी को तोड़ना चाह रहे हों। यदि ऐसा है तो तुम मुझे साफ-साफ कह दो। मैं तुरंत अपनी ओर से यह साझेदारी समाप्त कर दूँगा। फिर तुम अकेले ही सब कुछ सँभालना।'

बेंजामिन की बात सुनकर मेरिडिथ ने जवाब दिया, 'देखो बेंजामिन। ऐसी कोई बात नहीं है। दरअसल मुझे यकीन हो गया है कि मैं स्वयं ही इस काम के योग्य नहीं हूँ। तुम्हें तो साथ देनेवाले कई लोग मिल जाएँगे। तुम ऐसा करो कि प्रिंटिंग प्रेस का सारा कर्जा अपने सिर ले लो और मेरे पिता के दिए हुए 100 पौंड उन्हें लौटा दो। साथ ही मेरा कुछ कर्जा है जो लगभग 30 पौंड है। उसे भी चुका दो तो तुम इस प्रिंटिंग प्रेस के मालिक बन सकते हो। मैं इस साझेदारी से हट जाता हूँ।'

बेंजामिन कुछ देर सोचकर मेरिडिथ की बात से सहमत हो गए। उस समय उनके दो मित्र और जन्टो क्लब के सदस्य विलियम कॉलमन और रॉबर्ट ग्रेस ने बेंजामिन को आर्थिक सहायता दी। बेंजामिन ने इन दोनों से 100-100 पौंड उधार लिए और मेरिडिथ व उसके पिता का कर्ज चुका दिया। यह सारा कार्य 11 मई, सन् 1732 को निपटा दिया गया। अब बेंजामिन स्वतंत्र रूप से उस प्रिंटिंग प्रेस के मालिक हो गए थे।

कुछ ही दिनों के बाद उन्हें सरकार की ओर से बहुत बड़ी संख्या में नोट छापने का काम मिला। नोट छापने के साथ-साथ उन्हें सरकार की ओर से अतिरिक्त काम भी मिलने लगा। लेकिन इतना हो जाने के बाद भी उन्होंने स्वयं परिश्रम करना नहीं छोड़ा। कुछ ही समय पश्चात उन्होंने एक स्टेशनरी की दुकान भी खोल ली। उसमें दो-तीन नौकर भी रख लिए। धीरे-धीरे उन्होंने अपने दोस्तों से उधार लिए हुए पैसे भी उन्हें लौटाए। बेंजामिन अपने कड़े परिश्रम और विनम्र आचरण के बल पर आगे ही आगे बढ़ते चले गए।

16
पुस्तकालय की स्थापना

बेंजामिन अब पूरी तरह से एक व्यस्त व्यवसायी बन चुके थे। जन्टो क्लब का काम भी साथ-साथ चल रहा था। जन्टो के एक सदस्य रॉबर्ट ग्रेस के मकान में सभा की बैठक होती थी।

उन दिनों क्लब में किसी न किसी विषय पर चर्चा के लिए बहुत से लोग अपने साथ पुस्तकें लेकर आते थे। लेकिन अकसर ऐसा भी होता था कि किसी को प्रमाण देने के लिए जब किसी पुस्तक अथवा दस्तावेज की आवश्यकता होती थी तो वह उस समय उसके पास उपलब्ध नहीं होती थी। बेंजामिन ने इस समस्या का समाधान करने के लिए यह निर्णय लिया कि क्लब के सभी सदस्य अपनी-अपनी पुस्तकों को जन्टो क्लब में जमा करवा दें ताकि चर्चा करते समय उनका प्रयोग आसानी से किया जा सके। सभी सदस्यों को यह सुझाव बहुत पसंद आया और उन्होंने इसके लिए खुशी से स्वीकृति दे दी। कुछ ही दिनों में जन्टो क्लब अनेक प्रकार की पुस्तकों से भरता चला गया।

एक वर्ष तक सभी सदस्य उन पुस्तकों का इस्तेमाल करते रहे। इस प्रकार वर्ष के अंत में जब पुस्तकों की गणना की गई तो पाया कि कुछ पुस्तकें नष्ट हो गई थीं और बाकी की बची हुई पुस्तकें जिनकी थीं, वे अपने-अपने घर वापस ले गए थे। एक बार फिर से पुस्तकों की कमी होने लगी। वैसे भी उन दिनों पुस्तकें बहुत महँगी होती थीं। आम आदमी तो पुस्तक खरीद भी नहीं सकता था। ऐसे में बेंजामिन के मन में एक पुस्तकालय बनाने का विचार आया। उन्होंने सन् 1731 में इसकी पूरी योजना बनाई और एक पुस्तकालय की स्थापना भी कर दी। इस पुस्तकालय के लिए कुछ खास तरह के नियम निर्धारित किए गए।

उस समय लोगों ने पुस्तकालय जैसी योजना को बेकार का काम

समझा क्योंकि पुस्तक प्रेमी तो मात्र गिनती के ही थे। अत: बेंजामिन ने लोगों से यही कहा कि उन्होंने कुछ लोगों के अनुरोध पर ही पुस्तकालय का स्थापना की है। नवंबर 1731 तक उनके पास कुल मिलाकर 50 लोगों के नाम आ चुके थे, जो इस पुस्तकालय की सदस्यता लेने के इच्छुक थे। बेंजामिन ने कुछ विद्वान लोगों के साथ मिलकर पुस्तकों की सूची बनाई और करीब 45 पौंड राशि की पुस्तकें खरीदने का कार्य लंदन जानेवाले पीटर कॉलिन्सन (Peter Collinson) नाम के एक इंसान को सौंपा। पीटर ने लंदन जाते ही बेंजामिन की दी हुई सूची की सभी पुस्तकें खरीदीं और उन्हें जहाज द्वारा रवाना कर दिया। पीटर ने इन पुस्तकों के साथ अपनी ओर से भी कुछ कीमती पुस्तकें बेंजामिन के पुस्तकालय के लिए भेंट स्वरूप भिजवाईं। कहा जाता है कि पीटर लगभग 30 वर्षों तक लंदन से उन्हें पुस्तकें भेजने का काम करता रहा।

उस समय लंदन से सामान आने में बहुत दिन लगते थे। बेंजामिन इस बात से भली-भाँति परिचित थे क्योंकि वे स्वयं इसके अनुभव से गुज़र चुके थे। जब पुस्तकों की पहली खेप लंदन से आई तो उन्हें जन्टो क्लब में रख दिया गया, जिससे सबको बहुत खुशी हुई। प्रत्येक पुस्तक की अच्छी तरह से जाँच परख करके उसे पुस्तकालय में स्थान दिया गया। पुस्तकालय में एक क्लर्क की भी नियुक्ति की गई। सदस्यों को पुस्तकें लेने और देने के लिए सप्ताह का एक निश्चित दिन निर्धारित किया गया। कहा जाता है कि जोसफ ब्रेन्टॉल (Joseph Breintall) नाम के जन्टो के सदस्य ने उस समय पुस्तकालय में अपना अमूल्य योगदान दिया। ब्रेन्टॉल के परिश्रम और लगन के फलस्वरूप पुस्तकालय ने बहुत उन्नति की।

बेंजामिन के पुस्तकालय में धीरे-धीरे पुस्तकों की संख्या भी बढ़ती गई। बेंजामिन ने सभी पुस्तकों की एक सूची भी छापी। उन्होंने इसके लिए किसी प्रकार की राशि भी नहीं वसूल की। यही नहीं, अगले वर्ष उन्होंने पुस्तकालय में स्वयं क्लर्क का कार्य भी किया और इसके लिए भी किसी प्रकार का वेतन नहीं लिया। धीरे-धीरे उस पुस्तकालय जैसे कई पुस्तकालय फिलाडेल्फिया और उसके आस-पास के कई शहरों में भी

स्थापित होने लगे। धीरे-धीरे सदस्यों के अलावा दूसरे लोग भी पुस्तक का मूल्य जमा करवाकर पुस्तकें ले जाते थे। बड़ी पुस्तक के लिए बतौर 6 पेंस तथा बाकी की पुस्तकों के लिए 4 पेंस की राशि ली जाती थी। सन् 1764 तक पुस्तकालय के शेयर का भाव 20 पौंड हो गया था तथा पूरे पुस्तकालय का मूल्य आँका गया तो वह लगभग 1700 पौंड था। धीरे-धीरे पुस्तकों की संख्या बढ़ती गई और सन् 1785 तक यह संख्या 5487 हो गई थी। सन् 1861 में इसमें रखी पुस्तकों की संख्या 70,000 तक पहुँच गई थी। यह अमेरिका का एकमात्र ऐसा पुस्तकालय है, जो उस जमाने से शुरू होकर आज तक चलता आ रहा है और आगे भी इसी प्रकार चलता रहेगा।

इस पुस्तकालय की उन्नति में बेंजामिन का अथक परिश्रम, लगन और लोक कल्याण की भावना थी। समय के साथ-साथ उन्होंने पुस्तकालय में विभिन्न बदलाव किए तथा अनेक प्रयोग भी किए, जिससे लोगों में पुस्तक पढ़ने के प्रति प्रेम उत्पन्न हो सके। लोगों में भी पुस्तकें पढ़कर ज्ञान की वृद्धि होने लगी। अनेक लोगों के साथ ने बेंजामिन को मानसिक रूप से और भी अधिक सुदृढ़ और शक्तिशाली बना दिया।

यदि हर इंसान को एक पुस्तक की उपमा दी जाए तो कुछ इंसानों को पढ़कर आपको जीने के नए और बेहतरीन तरीके मिल सकते हैं तो कुछ लोगों को पढ़कर जीने के पुराने या दुःखद तरीके मिल सकते हैं। बेंजामिन फ्रैंकलिन एक ऐसी पुस्तक है, जिसे हर किसी को पढ़ना चाहिए। ऐसी प्रेरणादायी पुस्तक पढ़कर आप जीवन जीने के हज़ारों तरीके सीख सकते हैं। बेंजामिन को पढ़कर आज हर उम्र का इंसान प्रेरणा, उत्साह, उमंग और आत्मविश्वास से भर जाएगा। इस पुस्तक से लोगों को उम्मीद की नई किरण मिलेगी। बेंजामिन की पुस्तक में लिखा है कि 'मुझसे जो भी मिले वह पहले से बेहतर बन जाए या कम से कम वह जैसा था, वैसा रह पाए। मुझसे मिलकर वह कभी भी पहले से बदतर न हो जाए यानी उसकी चेतना का स्तर मुझसे मिलकर कभी कम न हो।' जीवन के मूलभूत सिद्धांतों पर बनी बेंजामिन की जीवनरूपी पुस्तक उत्तम चरित्र का बेहतरीन

उदाहरण है।

बेंजामिन की पुस्तक से प्रेरणा लेकर आप अपने आपसे यह सवाल पूछें कि 'मुझे पढ़कर यानी मेरा जीवन देखकर लोगों को किस तरीके का जीवन जीना सीखना चाहिए? मुझे पढ़कर लोग उकता जाएँगे या जीवन जीने का बुरा तरीका सीखेंगे? आज मुझे पढ़कर लोग जीवन जीने का कौन सा तरीका सीख रहे हैं? और भविष्य में मैं अपने जीवन से लोगों को क्या सिखाने के लिए प्रेरणा बनूँगा?'

ये सवाल आपके अंदर के होश को पूर्णतः जागृत कर देंगे। जब आप इन सवालों के जवाब निश्चित कर लेंगे तब आपके जीवन को एक दमदार दिशा मिलेगी।

17
गरीब रिचर्ड - वार्षिक कैलेंडर

पुस्तकालय की बढ़ती हुई लोकप्रियता के साथ-साथ पेंसिल्वेनिया गजट का प्रचार भी लगातार बढ़ता जा रहा था। अब बेंजामिन के मन में एक नया विचार आना शुरू हुआ। उस समय अमेरिका में हर प्रिंटिंग प्रेस का मालिक अपना वार्षिक कैलेंडर प्रकाशित किया करता था। अब बेंजामिन के मन में भी स्वयं का एक वार्षिक कैलेंडर प्रकाशित करने का विचार आया। उन्होंने उसका नाम 'गरीब रिचर्ड' रखा। गरीब रिचर्ड एक अनोखे किस्म का कैलेंडर था। इसमें कई किस्से, कहावतें और बोधजनक लेख प्रकाशित किए जाते थे। इन सबमें हास्य रस की प्रधानता होती थी। इस कैलेंडर का मूल्य 5 पेंस रखा गया। प्रथम वर्ष में इसके तीन संस्करण प्रकाशित किए गए। उसके बाद इस कैलेंडर की इतनी माँग होने लगी कि इसकी 10,000 प्रतियाँ प्रति वर्ष छपने लगीं।

उस समय प्रकाशित होनेवाले अन्य कैलेंडरों में भी कई किस्से तथा कहावतें हुआ करती थीं। सन् 1757 में फ्रेंच युद्ध के दौरान वहाँ के निवासियों पर बहुत अधिक मात्रा में कर लगा दिया गया था। अतः बेंजामिन ने बतौर प्रस्तावना के एक लंबा लेख लिखा, जिसमें उन्होंने यह व्याख्या दी कि यदि सभी लोग मिलकर फालतू के खर्च कुछ कम करना शुरू कर दें तो वे आसानी से कर का भुगतान कर सकते हैं। उन्होंने यह संदेश बहुत खूबसूरती से एक कहानी के रूप में लोगों तक पहुँचाया। लोगों पर इसका बहुत गहरा प्रभाव पड़ा। गरीब रिचर्ड को छापकर इस ढंग से बनाया जाता था कि लोग उसे आसानी से अपने घर की दीवारों पर टाँग सकते थे।

गरीब रिचर्ड में अकसर कविताएँ भी छापी जाती थीं, जिनका आशय भी हास्यप्रद होता था। उनमें बहुत गूढ़ बात को भी साधारण से

साधारण शब्दों में व्यक्त किया जाता था।

इसके अलावा जिन खास-खास कहावतों तथा सूक्तियों के साथ गरीब रिचर्ड का प्रकाशन होता था, उनमें से कुछ इस प्रकार हैं, जिनके रचयिता स्वयं बेंजामिन थे।

1) खाली बोरी खड़ी नहीं हो सकती।

2) हल चलानेवाला गँवार नहीं होता। लेकिन गँवार वह होता है, जो गँवारों वाले काम करे।

3) खराब लोहे से अच्छा चाकू नहीं बनाया जा सकता।

4) मुझे बताओगे तो मैं भूल जाऊँगा, मुझे सिखाओगे तो मैं याद रखूँगा, मुझे शामिल करोगे तो मैं सीखूँगा।

5) अज्ञानी होना शर्म की बात नहीं, जितना कि सीखने की इच्छा न होना।

6) मित्र बनाने में धीमे रहें और बदलने में भी।

7) तैयारी करने में असफल होना, अपने असफल होने की तैयारी करना है।

8) काम ऐसा करो मानो सैंकड़ों वर्ष तक जीना है और प्रार्थना ऐसे करो मानो जीवन कल तक ही है।

9) अपने दुश्मनों से प्रेम करो क्योंकि वे तुम्हें तुम्हारी गलतियाँ बता सकते हैं।

10) विवाह के पहले अपनी आँखें पूरी तरह से खुली रखो और बाद में आधी बंद कर लो।

11) मछलियाँ और मेहमान तीन दिन में बदबूदार हो जाते हैं।

12) भीड़ एक राक्षस है। इसमें सिर तो अनेक होते हैं किंतु दिमाग एक भी नहीं होता।

उपरोक्त कहावतों तथा कथनों का गूढ़ अर्थ निकलता है। बहुत सी कहावतों को बेंजामिन ने अपने विचारों के अनुसार परिवर्तित किया। गरीब रिचर्ड के प्रकाशन से उन्हें इतना लाभ हुआ कि उनका प्रिंटिंग प्रेस का सारा कर्जा चुक गया और उसके बाद भी उनके पास बहुत सी धनराशि बच गई, जिसे उन्होंने अपनी सूझबूझ से बचाकर रख लिया।

शीघ्र ही उन्होंने चार्लस्टन (Charlseton) में भी एक प्रिंटिंग प्रेस का यूनिट लगा लिया और वहाँ अपने एक कर्मचारी को भेजकर उसका कार्यभार उसे सौंप दिया। यही नहीं, थोड़े-थोड़े समय के बाद, जब उनकी आर्थिक स्थिति और भी बेहतर होती चली गई तो उन्होंने कई शहरों में प्रिंटिंग प्रेस के यूनिट लगाए और अपने अच्छे-अच्छे कर्मचारियों को वहाँ भेजकर उनका कार्यभार उन्हें सौंप दिया। बेंजामिन ने अपने प्रिंटिंग प्रेस के कर्मचारियों को हर तरह के काम सिखाकर संपूर्ण रूप से तैयार किया था। सभी कर्मचारी विश्वसनीय थे और जीवनभर बेंजामिन के साथ ही कार्य करना चाहते थे। उन्हें पता था कि बेंजामिन एक ऐसे लीडर हैं, जिनके लिए विकास करना सबसे अहम प्राथमिकता है। बेंजामिन स्वयं तो विकास की राह पर ही चल रहे थे लेकिन अपने साथ अपने कर्मचारियों का विकास भी कर रहे थे।

बेंजामिन स्वयं तो विश्वसनीय थे ही, उन्होंने अपने साथ-साथ अपने कर्मचारियों को भी विश्वसनीय बनने में सहयोग दिया। कई बार हम अपना कार्य दूसरों को नहीं सौंपते क्योंकि इसके लिए हमें प्रयास करना पड़ता है, दूसरों को प्रशिक्षण देने के लिए समय देना पड़ता है। हमें अपना कार्य खुद ही करना आसान लगता है। हमें यह भी लगता है कि हम ही कार्य को जल्दी और सही तरीके से पूरा कर पाएँगे। लेकिन ऐसा करने से आपको जीवन में कोई रचनात्मक कार्य करने के लिए समय ही नहीं मिल पाएगा।

बेंजामिन दिन-ब-दिन अपने व्यवसाय में उन्नति करते जा रहे थे और इसके साथ ही वे अपने कर्मचारियों को भी प्रशिक्षण दे रहे थे। वे अकेले एक ही समय पर अलग-अलग स्थानों पर उपलब्ध नहीं हो

सकते इसलिए उन्होंने अपने कर्मचारियों पर प्रिंटिंग प्रेस का कार्यभार सौंपकर उन्हें जिम्मेदार बनाया। एक सच्चे लीडर की भाँति बेंजामिन ने भी अपने कर्मचारियों को प्रशिक्षण देने के लिए Each One Teach One की तकनीक का इस्तेमाल किया। इसका अर्थ ही उन्होंने अपने व्यवसाय से संबंधित हर छोटी बात कर्मचारियों को सिखाकर उन्हें आगे बढ़ने का मौका दिया और खुद नए कार्य करने के लिए आज़ाद हो गए।

कोई प्रभावशाली लीडर तभी बन सकता है जब वह यह देखेगा कि उसके साथ जो भी लोग हैं वे शारीरिक, मानसिक, आर्थिक, सामाजिक, आध्यात्मिक स्तर पर अपने जीवन में विकास कर रहे हैं या नहीं। समय-समय पर बेंजामिन का बहुमूल्य मार्गदर्शन कर्मचारियों को मिलता रहा। जिस वजह से वे सभी बहुत आसानी से उनके साथ रह पाए क्योंकि साथ में उनका विकास हो रहा था। बेंजामिन ने हमेशा काम से भी अधिक कर्मचारी को महत्त्व दिया। अपने कर्मचारियों के हित के लिए उन्होंने कई सारे नियम और योजनाएँ बनाईं। इस प्रकार सदैव दूसरों के हित के बारे में सोचनेवाले बेंजामिन ने अपने विचारों से दुनिया में एक नई क्रांति लाई।

18
बेंजामिन और डेबोरा का वैवाहिक जीवन

बेंजामिन अपने जीवन में आर्थिक स्थिरता प्राप्त कर चुके थे इसलिए उन्हें अब काम की चिंता नहीं थी। वे लगातार उन्नति करते जा रहे थे और अपने गरीबी के दिनों को पीछे छोड़ते जा रहे थे। सफलता उनके कदम चूमने लगी थी। लेकिन वे जब कभी अकेले होते तो उन्हें अपने परिवार का ध्यान आता। कभी-कभी तो वे उदास भी हो जाते। वैसे भी वे अभी तक अवैवाहिक थे। उनका सुख-दुःख बाँटनेवाला भी कोई न था। धीरे-धीरे उनका ध्यान भी विवाह की ओर गया। उन्होंने सोचा कि विवाह कर लेने से एक तो उनकी अकेलेपन की समस्या दूर हो जाएगी और उनका जीवन भी बेहतर हो जाएगा।

विवाह के विचारों में खोए हुए बेंजामिन को अपने पहले प्रेम डेबोरा की याद आने लगी। डेबोरा से मिलने वे फिलाडेल्फिया में उसके घर गए तो उन्हें पता चला कि डेबोरा का रॉजर्स नाम के एक युवक से विवाह हो चुका है लेकिन यह विवाह सफल न हो सका। डेबोरा को जब रॉजर्स के पहले विवाह का पता चला तो वह इस धोखे को बरदाश्त नहीं कर पाई और हमेशा के लिए अपनी माँ के घर आ गई।

डेबोरा हमेशा उदास और अकेली रहने लगी। उसका अंधकारमय जीवन देखकर बेंजामिन का दिल भर आया। उन्होंने डेबोरा को दिलासा देते हुए कहा कि वह किसी प्रकार की चिंता न करे। भविष्य में सब कुछ ठीक हो जाएगा।

एक दिन बेंजामिन ने मन ही मन सोचा कि 'केवल मैं ही हूँ, जो डेबोरा को उसके दुःख से बाहर निकाल सकता है।' अतः वे उसके घर

गए और उसकी माँ के सामने डेबोरा से विवाह करने का प्रस्ताव रखा। बेंजामिन की बात सुनते ही डेबोरा की माँ खुशी-खुशी डेबोरा और बेंजामिन के विवाह के लिए राज़ी हो गई। डेबोरा से विवाह का प्रस्ताव सभी को पसंद आया। सभी ने बेंजामिन की इस सूझबूझ के लिए उनकी हृदय से तारीफ की। इस प्रकार 1 सितंबर, सन् 1730 को बेंजामिन और डेबोरा का विवाह हो गया।

डेबोरा से विवाह करके बेंजामिन का जीवन बहुत सुखी हो गया। डेबोरा एक सुशील, गुणवान, परिश्रमी तथा सरल स्वभाव की युवती थी। विवाह के पश्चात वह सारे काम इतनी तत्परता से करती थी कि बेंजामिन स्वयं हैरान रह जाया करते थे। उसका स्वभाव भी बहुत संयमी और हँसमुख था। वे दोनों एक-दूसरे के साथ प्रेम पूर्वक रहने लगे और अपना जीवन सादगी से बिताने लगे। बेंजामिन और डेबोरा की जोड़ी को देखकर हर कोई उन्हें अपनी शुभकामनाएँ देता था। डेबोरा घर के काम के साथ-साथ बेंजामिन के काम में भी उनकी मदद करती। वह अपने पति की स्टेशनरी की दुकान में बैठती, किताबों की सिलाई करती, छोटी-छोटी खरीददारी भी करती। बेंजामिन एक तीन पहियोंवाली ठेला गाड़ी में कागज़ रखकर स्वयं उसे चलाते और यहाँ-वहाँ सामान ले जाते। उन्होंने कभी इस काम में शर्म नहीं महसूस की। उनकी नज़र में हर काम, जो मेहनत और ईमानदारी से किया जाए, बड़ा होता है।

विवाह के कुछ वर्षों पश्चात बेंजामिन को किसी कार्य से विदेश जाना था। डेबोरा ने उनके जाने का सारा प्रबंध कर दिया। उस समय डेबोरा ने अपने हाथों से बनी हुई एक पोशाक बेंजामिन को साथ ले जाने के लिए दी। वहाँ जाकर बेंजामिन ने अपने एक विस्तृत वृत्तांत में इस बात का वर्णन किया है कि 'मैंने अपने शरीर पर सिर से लेकर पैर तक की जो पोशाक पहनी हुई थी, वह मेरी प्रिय पत्नी डेबोरा ने अपने हाथों से बनाकर मुझे दी थी। मुझे इस बात की बहुत खुशी है और बहुत गर्व है। शायद इतनी अधिक खुशी मुझे किसी अन्य पोशाक को पहनकर नहीं मिलती।'

डेबोरा और बेंजामिन अपने घर का सारा काम स्वयं करते थे इसलिए उन्हें किसी नौकर की आवश्यकता नहीं थी। बेंजामिन स्वयं भी सादगी और युक्तिपूर्ण तरीके से घर का काम करते थे। एक-दूसरे का साथ पाकर दोनों का अकेलापन दूर हो गया था।

विवाह के दो सालों बाद यानी सन् 1732 में बेंजामिन के घर में एक नन्हें बच्चे का आगमन हुआ। उसका नाम फ्रांसिस रखा गया। सब कुछ अच्छा चल रहा था लेकिन चार साल बाद फ्रांसिस को चेचक की बीमारी हुई और उचित उपचार न मिलने के कारण सन् 1736 में उसकी मौत हो गई। अपने बेटे की मौत ने बेंजामिन को एक अस्पताल खोलने के लिए प्रेरित किया। फिर 1743 में डेबोरा फिर से एक बार माँ बनी और एक सुंदर सी बच्ची को उसने जन्म दिया। उसका नाम सारा रखा गया। बेंजामिन प्यार से उसे सैली नाम से पुकारा करते थे। इन दो बच्चों के अलावा बेंजामिन का एक नाज़ायज़ बच्चा भी था। उसका नाम विलियम था। विलियम की परवरिश फ्रैंकलिन की ही देखरेख में हुई। उनका यही नाज़ायज़ पुत्र आगे चलकर न्यूजर्सी का अंतिम वफादार गवर्नर बना। उसे अमेरिकी क्रांति के दौरान कई बार जेल भी जाना पड़ा। वह 'द बोर्ड ऑफ एसोसिएटिड लॉयलिस्ट' (The Board of Associated Loyalist) नामक पार्टी में शामिल हो गया। यह पार्टी एक अर्ध सैनिक संगठन के रूप में कार्य करती थी और वह शीघ्र ही इस पार्टी का नेता बन गया। यह संगठन आसपास के कई शहरों में सक्रिय था। ब्रिटिश सरकार द्वारा उनके अधीन देशों के साथ किए जा रहे व्यवहार के कारण उसने आगे चलकर अपने पिता से भी रिश्ता तोड़ दिया। लेकिन बेंजामिन की बेटी सारा अंतिम समय तक उनके साथ रही।

पोस्ट ऑफिस के टिकट पर बेंजामिन फ्रैंकलिन का चित्र

खंड 3

सामाजिक और राजनीतिक जीवन दर्शन

19
जनरल असेंबली में नियुक्ति

सन् 1736 तक आते-आते बेंजामिन की गिनती शहर के गणमान्य लोगों में होने लगी थी। उनके प्रिंटिंग प्रेस के व्यवसाय को स्थापित किए हुए भी कई वर्ष हो गए थे और उनकी जान-पहचान शहर के लगभग हर उच्च हस्ती तथा सरकारी वर्ग के अधिकारियों से हो गई थी। अब उन्हें शहर के प्रथम श्रेणी के लोगों में स्थान दिया जाने लगा।

असेंबली में क्लर्क

बेंजामिन के जीवन का सबसे महत्वपूर्ण पदोन्नतिवाला दिन तब आया, जब उन्हें शहर की जनरल असेंबली में बतौर एक क्लर्क चुन लिया गया। यह अपने आपमें एक बहुत बड़ी उपलब्धि थी। उन्हें सभा के सदस्यों द्वारा सर्वसम्मति से इस पद के लिए चुना गया था। इस बारे में किसी विपक्षी द्वारा उनका विरोध नहीं किया गया और बिना किसी व्यवधान के उन्हें यह पद दे दिया गया। हालाँकि इस पद के लिए उस समय वेतन कुछ ज्यादा नहीं था, लेकिन सबसे बड़ा फायदा यह था कि सारा का सारा सरकारी काम उन्हें मिलता गया और बड़े से बड़े प्रतिष्ठित सरकारी अधिकारियों से उनका रोज़ाना का मिलना-जुलना होता गया।

अगले वर्ष पुन: असेंबली के लिए पदों की नियुक्ति होनी थी। बेंजामिन का पहले ही वर्ष जनता तथा अधिकारियों पर इतना गहरा प्रभाव पड़ चुका था कि अगले वर्ष उन्हें फिर से चुन लिया गया था। लेकिन इस बार एक बाधा यह आई कि असेंबली के एक सदस्य ने उनके विरुद्ध अपना मत प्रस्तुत किया तथा किसी अन्य इंसान को उस पद के लिए उपयुक्त बताया। लेकिन बहुमत बेंजामिन के पक्ष में होने के कारण यह पद उन्हीं को मिला।

बेंजामिन का मानना था कि यदि किसी विरोधी को अपना बनाना है तो उसे थोड़ा सम्मान दिया जाना चाहिए तथा उसका आभार व्यक्त करना चाहिए। उन्हें यह विश्वास था कि प्रेम से नफरत को मिटाया जा सकता है। वैसे भी बेंजामिन और उस विरोधी में कोई आपसी दुश्मनी नहीं थी। लेकिन चुनाव में एक की जीत और दूसरे की हार की वजह से, असेंबली में होते हुए भी दोनों में बातचीत नहीं हो पाती थी। बेंजामिन जानते थे असेंबली के चुनाव में उनके विरोध में खड़ा हुआ इंसान एक प्रतिभाशाली तथा समृद्ध व्यक्ति था और असेंबली में उसका अच्छा प्रभाव भी था।

मित्रता हमेशा उनसे की जानी चाहिए, जो हम से कम से कम दो कदम आगे हों या गुणों में (न कि पैसे में) हमारी बराबरी के हों। बेंजामिन अपने विरोधी के गुणों से भली-भाँति परिचित थे इसलिए उससे मित्रता करने के इरादे से बेंजामिन ने उससे किसी दुर्लभ पुस्तक की माँग की, जो कि उसके निजी पुस्तकालय में उपलब्ध थी। वे जानते थे कि उस इंसान के पास पुस्तकों का अच्छा-खासा संकलन है। बेंजामिन ने उस इंसान से इतने प्रेम से बात की कि वह इंसान चाहकर भी पुस्तक देने के लिए मना नहीं कर पाया। उसने तुरंत वह पुस्तक बेंजामिन को लाकर दे दी। बेंजामिन ने थोड़े ही दिनों में वह पुस्तक पढ़कर उसे वापस लौटा दी और उसके साथ ही एक धन्यवाद स्वरूप पत्र भी लिखकर दिया। उसके बाद जब भी वे असेंबली में मिले तो उसने बहुत ही आदर से बेंजामिन से बात की। धीरे-धीरे उस इंसान को भी बेंजामिन की खूबियों के बारे में पता चलता गया। इस प्रकार उनमें घनिष्टता बढ़ती गई और वे दोनों अच्छे मित्र बन गए। नफरत की जगह प्रेम और मित्रता ने ले ली। वह हर मौके पर हमेशा बेंजामिन का साथ देने के लिए तैयार रहता। इससे बेंजामिन के चरित्र का एक नया पहलू सामने आता है। अपने विरोधी या दुश्मन को भी दोस्त बनाने की कला उनमें थी। बेंजामिन अपने विरोधी से प्रेम कर पाए, उससे दोस्ती कर पाए क्योंकि वे खुद प्रेम से भरे हुए थे।

उप डाक-महाअधीक्षक के पद पर नियुक्ति

सन् 1737 में बेंजामिन को वर्जीनिया में पूर्व गवर्नर तथा डाक

महाअधीक्षक के अधीन उप डाक-महाअधीक्षक का पद दिया गया। यह पद उनके लिए बहुत महत्वपूर्ण साबित हुआ। इस पद पर रहकर वे अपने व्यवसाय को अन्य प्रिंटिग प्रेस वालों से बहुत आगे ले गए, जिससे उन्हें खूब लाभ प्राप्त हुआ। इस पद से जुड़े पत्राचार के कारण उन्हें अपने समाचार पत्र में भी बहुत सहायता मिली। यही नहीं, उन्हें असंख्य विज्ञापन भी मिलने लगे।

सार्वजनिक विषयों पर कार्य

बेंजामिन ने धीरे-धीरे जनता के हितों तथा सार्वजनिक विषयों के बारे में सोचना तथा उन विषयों पर कार्य करना आरंभ कर दिया। उनके हर कार्य के पीछे लोक हित का ही विचार होता था इसलिए उनका हर कार्य अव्यक्तिगत होता था। रोज़मर्रा के जीवन का हमारा हर कार्य अव्यक्तिगत बन सकता है। जैसे भोजन करना, नींद लेना, व्यायाम करना आदि क्रियाएँ अव्यक्तिगत हो सकती हैं, यदि वे इस भाव से की जाएँ कि इनसे प्राप्त होनेवाली शारीरिक और मानसिक सुदृढ़ता सिर्फ मेरे ही काम नहीं आएगी बल्कि दूसरों की मदद के लिए भी निमित्त बनेगी। अपने कर्मों को अव्यक्तिगत बनाने के लिए उसमें दूसरों का हित भी जोड़ें।

बेंजामिन हमेशा दूसरों के हित के बारे में ही सोचते थे। इसके लिए उन्होंने अलग-अलग कार्य किए। जैसे उन्होंने शहर की हर गली में रात के समय पहरेदारी और गश्त लगाने का कार्य जारी करवाया। आग के कारण मकान तथा इमारतों को बहुत नुकसान पहुँचता था। इस प्रकार की दुर्घटनाएँ अकसर शहर में हुआ करती थी। इससे होनेवाले नुकसान से बचने के लिए उन्होंने कई खोजें कीं तथा उन्हें प्रस्तावित भी करवाया। उन्होंने इसी श्रेणी में एक संगठन का भी निर्माण करने की योजना बनाई, जो आग बुझाने का काम कर सके। जल्द ही यह कंपनी एक आग बुझानेवाले संगठन के रूप में तैयार हो गई, जिसमें कई लोगों की नियुक्ति भी की गई। बेंजामिन द्वारा लिखी गई आत्मकथा के दौरान इस कंपनी को स्थापित हुए 50 वर्ष हो चुके थे और वह तब तक 'यूनियन फायर

कंपनी' (Union Fire Company) के नाम से अस्तित्व में थी।

बेंजामिन जिस भी समस्या से जुड़े विषयों पर काम करते या काम करने की योजना बनाते, उसके बारे में जन्टो क्लब में अवश्य चर्चा करते। इससे उन्हें अधिक से अधिक लोगों के मत मिल जाते, उनसे किस प्रकार की मदद ली जा सकती है, यह भी पता चल जाता तथा उक्त विषय से संबंधित अच्छे तथा बुरे प्रभाव भी सामने आ जाते। इसके परिणाम स्वरूप जन्टो क्लब के सदस्य भी अव्यक्तिगत कार्य में उनका खूब सहयोग करते थे।

प्रिंटिंग प्रेस के काम से छुटकारा

बेंजामिन की आर्थिक स्थिति अब ऐसी हो चुकी थी कि वे यदि कोई रोज़गार न करते तो भी आराम से वेतन से मिले रुपयों से अपने परिवार का खर्च चला सकते थे। उन्हें अपना प्रिंटिंग का व्यवसाय शुरू किए हुए लगभग 20 वर्ष हो चुके थे और उनकी आयु भी 42 वर्ष हो गई थी। इस समय उनके पास अपने व्यवसाय के अलावा दो-दो सरकारी पद भी थे, जिनका कुल मिलाकर वेतन भी लगभग 150 पौंड था। एक लंबे समय से वे अपने व्यवसाय में से बहुत सा रुपया जोड़ भी चुके थे। जमीन और जायदाद भी इतनी थी कि उन्हें किसी प्रकार की कोई कमी नहीं थी। कुल मिलाकर वे एक संतुष्ट जीवन व्यतीत कर रहे थे।

पिछले कुछ समय से उनका मन जन कल्याण, सार्वजनिक सेवाओं तथा नए-नए प्रकार के शोधों में लगने लगा था। बिजली संबंधित प्रयोगों ने उन्हें एक नई दिशा प्रदान की थी। वे आगे का जीवन अपने अध्ययनों में बिताना चाहते थे। वे चाहते थे कि जो विचार उनके मन में चल रहे हो, उन्हें कार्यान्वित किया जाए तथा उनसे ऐसे परिणाम सामने ला सकें, जिससे जनता का कल्याण हो सके। वे चाहते थे कि अब प्रिंटिंग के व्यवसाय को छोड़कर अपना अधिक से अधिक समय नए ज्ञान की खोज करने में व्यतीत करें। इसी सोच-विचार के साथ उन्होंने एक दिन अपनी प्रिंटिंग प्रेस के मैनेजर डेविड हाल (David Hall) को बुलाया और उसके सामने अपनी इच्छा जाहिर की। उन्होंने डेविड हाल के सामने यह प्रस्ताव

रखा कि वे अपनी प्रिंटिंग प्रेस का मालिकाना हक उसे देना चाहते हैं। दोनों में यह करार तय हुआ कि डेविड हाल बेंजामिन को 18 वर्ष तक प्रति वर्ष 1000 पौंड की राशि देता रहेगा। 18 वर्ष के पश्चात डेविड हाल कानूनी तौर पर उस प्रिंटिंग प्रेस का मालिक बन जाएगा। करार में यह भी तय किया गया था कि 18 वर्षों तक वह प्रिंटिंग प्रेस बेंजामिन और डेविड हाल के नाम से चलती रहेगी। तब तक बेंजामिन पेंसिल्वेनिया गजट तथा गरीब रिचर्ड के प्रकाशन में अपनी सहायता देते रहेंगे। इन सभी शर्तों के साथ बेंजामिन एक बहुत बड़े तनाव से दूर हो गए और उसके पश्चात वे अपना समय अपने ज्ञान संबंधी अध्ययन करने और सामाजिक कार्यों में लगाने लगे।

प्रिंटिंग व्यवसाय से मुक्त होने के पश्चात अब बेंजामिन के पास काम करने के लिए अधिक समय बचने लगा। इसलिए सरकार के प्रत्येक विभाग में उन्हें रखा गया। गवर्नर ने बेंजामिन को 'शांति स्थापना आयोग' का सदस्य चुना। शहर के कार्पोरेशन ने उन्हें अपना सदस्य चुना और कुछ दिनों बाद उन्हें 'एल्डरमैन' भी बनाया गया। आगे के चुनावों में तो बेंजामिन को असेंबली का सदस्य चुन लिया गया। इस पद से बेंजामिन बेहद खुश हुए क्योंकि असेंबली में क्लर्क के ओहदे पर तो वे पहले से ही कार्य कर रहे थे। अब असेंबली का सदस्य बनने के बाद उनके कार्य की उपयोगिता अधिक हो सकेगी।

एक समय पर न्यायाधीश का कार्य भी बेंजामिन ने किया था। लेकिन कुछ मुकदमों के जाने के बाद उन्हें यह महसूस हुआ कि इस पद के लिए जितने ज्ञान की आवश्यकता है, उतना ज्ञान उनमें नहीं है। इसलिए धीरे-धीरे उन्होंने इस पद से स्वयं को अलग कर लिया और असेंबली के सदस्य होने के नाते अन्य आवश्यक कार्य वे करने लगे। उस समय बेंजामिन की साख ऐसी थी कि लगातार दस वर्ष तक, हर साल उन्हें असेंबली का सदस्य चुना गया। इसके लिए उन्हें एक बार भी मतदाताओं के पास वोट माँगने के लिए जाना नहीं पड़ा।

उपरोक्त सभी बातों को जानकर यह समझ में आता है कि बेंजामिन

का जीवन 'अव्यक्तिगत जीवन जीने का' सबसे बेहतरीन उदाहरण है। एक इंसान किस प्रकार अपने जीवन में विकास करता है और अपना जीवन लोगों के हित के लिए, देश सेवा के लिए कैसे उपयोग में ला सकता है, यह सीख हमें बेंजामिन के जीवन से मिलती है।

20
बेंजामिन की युद्धनीति

बेंजामिन के उच्च विचार सदा लोगों में जागृति की भावना पैदा करते थे। एक समय ऐसा आया कि जब पेंसिल्वेनिया गजट पूरे देश में पहले नंबर का समाचार पत्र बन गया था। गरीब रिचर्ड कैलेंडर भी प्रत्येक वर्ष नए-नए विचारों और प्रयोगों के साथ प्रकाशित होता रहा, जिससे विदेशों से भी इसकी माँग आने लगी। साथ ही साथ बेंजामिन सामाजिक कार्यों में भी व्यस्त होते गए। उन्हें जगह-जगह व्याख्यान देने के लिए आमंत्रित किया जाता। सरकारी, अर्ध सरकारी और गैर सरकारी कई मामलों में उनकी राय ली जाती।

सन् 1740 से सन् 1748 के दौरान समस्त यूरोप युद्ध की आग में झुलस रहा था। बोस्टन में रह रहे उनके माता-पिता भी बहुत मुसीबत में थे। उन्होंने वह समय बहुत कठिनाई से व्यतीत किया। अधिक आयु के हो जाने के कारण उनके शरीर में जर्जरता आ गई थी। वे ठीक से चलने में भी लाचार हो गए थे। उन्हें समय-समय पर कोई न कोई रोग लगा रहता। बेंजामिन उनसे लगातार पत्र व्यवहार करते रहते थे। लेकिन बेंजामिन के पिता जोसाया अधिक दिनों तक जीवित न रह सके और 16 जनवरी, सन् 1745 में उनका देहांत हो गया।

युद्ध की तैयारी

सन् 1746 में बेंजामिन बोस्टन गए। वहाँ जाकर उन्होंने देखा कि पूरे बोस्टन शहर में लोग स्वयं को युद्ध के लिए तैयार कर रहे हैं। बोस्टन के ऐसे माहौल ने उन्हें फिलाडेल्फिया की सुरक्षा के बारे में सोचने पर मजबूर कर दिया। युद्ध के बादल तो वैसे भी मंडराए हुए थे। कभी भी इस ओर से असुरक्षा का भय उत्पन्न हो सकता था। अत: उन्होंने बोस्टन से वापस आकर विभिन्न समुदायों, सरकारी उच्च अधिकारियों के साथ इस मामले

में विचार विमर्श किया। किंतु राज्य सरकार की ओर से उन्हें किसी प्रकार की कोई आर्थिक सहायता नहीं मिल सकी। फिर उन्होंने एक दूसरा रास्ता अपनाया। उन्होंने शहरभर के निवासियों से सहयोग की अपील की। उन्होंने युद्ध तथा इसके परिणामों के बारे में एक विस्तृत पुस्तिका छापकर समस्त शहर में बँटवाई, जिसमें युद्ध तथा उससे होनेवाले भयंकर परिणामों की विस्तार से चर्चा की गई थी। इसके साथ ही बेंजामिन ने इसी संदर्भ में अनेक स्थानों पर जाकर भाषण भी दिए। लोगों ने उनका साथ दिया और इस प्रकार एक बहुत बड़ी फौज बनाई गई, जिनके सहयोग से शहर की सुरक्षा का विचार किया गया।

उस समय फिलाडेल्फिया में कई संगठनों से नौजवान देश रक्षा के लिए सामने आते और सेना में भर्ती हो जाया करते थे। लेकिन उन्हें अपनी मर्ज़ी से एकत्रित करने में बहुत कठिनाई होती थी। क्वेकर पंथ के सदस्य हथियारों से घृणा करते थे। वे बिना लड़े ही जीत का आनंद लेना चाहते थे। दूर-दराज़ के गाँवों में रहनेवाले लोग भी सेना में भर्ती होने से कतराते थे। अत: ऐसे समय में बेंजामिन द्वारा एक ऐसे लेख की रचना की गई, जिसमें उन्होंने संपूर्ण देशवासियों से एकजुट होने की अपील की। उनका कहना था कि 'हर इंसान को यह सोचना चाहिए कि वह निर्बल नहीं है। इस समय 'मैं किस धर्म से संबंध रखता हूँ', यह सोचने से बेहतर है कि आप यह सोचें कि आप केवल पेंसिल्वेनिया के निवासी हैं। पक्षपात जैसे विचारों को छोड़ें और देश की सेवा करें। अपने लोगों को बचाएँ और एक ऐसी मौत मरें, जिस पर सभी गर्व कर सकें। ईश्वर हम सबके साथ है।'

बेंजामिन के विचारों का लोगों पर बहुत सकारात्मक रूप से असर हो रहा था क्योंकि उनके विचार होश और जोश में किए हुए थे। इस प्रकार के विचारों से हज़ारों की संख्या में लोग देश सेवा के लिए आगे आए और उन्होंने आक्रमणकारियों के विरुद्ध हथियार उठाने का संकल्प किया। समस्त फिलाडेल्फिया में युद्ध के सिवाय कोई और चर्चा का विषय न था। नवंबर महीने में एक ऐसी भयंकार घटना हुई, जिसमें पता

चला कि नॉर्थहैम्पटन (Northampton) की ओर से आक्रमणकारियों ने हमला करके बहुत से लोगों को जान से मार डाला और उनके घरों में भी आग लगा दी। इस खबर को सुनते ही गवर्नर मॉरिस ने बेंजामिन से प्रार्थना की कि वे स्वयं एक सेनापति बनकर सेना लेकर वहाँ जाएँ और लोगों की मदद करें। बेंजामिन ने तुरंत उनकी आज्ञा का पालन किया और लगभग 500 स्वयं सेवकों के साथ हथियार लेकर वहाँ पहुँच गए। इस दौरान उनका पुत्र विलियम भी उनके साथ था। दिसंबर माह में वे अपनी सेना सहित वहाँ के लिए रवाना हो गए। हालाँकि रास्ते में उन्हें बहुत सी कठिनाइयों का सामना करना पड़ा था क्योंकि वे कोई प्रशिक्षित सेना से संबंध नहीं रखते थे।

बेथलेहेम (Bethlehem) पहुँचकर उन्हें पता चला कि क्वेकर पंथ के सदस्य भी बचाव की तैयारियों में जुटे हुए थे। बेंजामिन को यह देखकर बहुत प्रसन्नता हुई। लोगों ने अपने घरों में बहुत अधिक संख्या में पत्थरों को हथियारों के रूप में जमा कर रखा था। अनेक कठिनाइयाँ सहने के पश्चात वे जर्मन सीमा के समीप पहुँचे और वहाँ उन्होंने एक किले का निर्माण किया। इस किले को 'फोर्ट एलन' (Fort Allen) का नाम दिया गया। समस्त इलाका बेंजामिन की सेना के सुरक्षा के दायरे में आ चुका था और वहाँ दुश्मन से निपटने के लिए सारे इंतजाम कर लिए गए थे।

बेंजामिन ने थोड़े-थोड़े सैनिकों के साथ गाँवों का दौरा करना आरंभ किया क्योंकि ऐसे में स्थानीय लोगों के मन से भय निकालना आवश्यक था। रात के समय पहरेदारी करने में भी बहुत मुश्किलें होती थीं। सर्दी के कारण उन्होंने जमीन से तीन फीट गहरे गड्ढे खुदवाकर उनके अंदर आग जलाने का प्रबंध किया ताकि दूर से जलती हुई आग को कोई देख न सके। इस प्रकार वहाँ निगरानी का कार्य बेंजामिन की देखरेख में चलता रहा। कुछ दिनों पश्चात फिलाडेल्फिया में राज्य सभा का अधिवेशन होने जा रहा था। गवर्नर मॉरिस चाहते थे कि बेंजामिन वापस आ जाएँ और अधिवेशन में भाग लें। लगभग दो महीनों तक वहाँ रहने के पश्चात वहाँ के हालात कुछ ठीक हो गए, तो बेंजामिन को वापस बुला लिया गया।

अत: वे 10 फरवरी, सन् 1746 को फिलाडेल्फिया वापस आ गए। उनके कुशलतापूर्वक वापस आने पर समस्त नगरवासी बहुत प्रसन्न हुए और उनका खूब सत्कार किया।

मॉरिस चाहते थे के बेंजामिन एक बार पुन: सेनापति बनकर फोर्ट ड्यूकेन (Fort Duquesne) जाकर वहाँ का मोर्चा सँभालें। लेकिन बेंजामिन इतने बड़े पद को ग्रहण नहीं करना चाहते थे इसलिए उन्होंने उसे लेने से इंकार कर दिया। किंतु 1200 लोगों की टुकड़ी ने उन्हें एक कर्नल की भाँति बेहद पसंद किया था। अत: वे भी चाहते थे कि बेंजामिन इस पद को खुशी-खुशी स्वीकार करें। अंतत: उन्हें उन सबके आगे झुकना पड़ा और सेनापति के पद को पुन: स्वीकार करना पड़ा।

7 अक्टूबर, सन् 1748 को यूरोप में युद्ध समाप्त हो गया। युद्ध के समाप्त होने से अमेरिका के कई प्रदेशों का भय भी समाप्त हो गया। ऐसे समय में, जब युद्ध जैसे संकट के बादल छाए हुए थे, बेंजामिन की देश के प्रति सुरक्षा तथा जन-कल्याण की भावना को बहुत सराहा गया। उनकी फौज तैयार करने की नीति भी कामयाब रही थी। ऐसा करके उन्होंने एक सच्चे देश भक्त होने का सबूत दिया था। बेंजामिन को शहर के गणमान्य लोगों, प्रतिष्ठित हस्तियों तथा राज्य सभा के सदस्यों द्वारा खूब प्रशंसा मिली, जिससे उनका सम्मान और भी बढ़ गया। बेंजामिन की गिनती अब फिलाडेल्फिया के मुख्य नागरिकों मे होने लगी थी।

21
सामाजिक कार्यों में योगदान

बेंजामिन के हर कार्य में लोक कल्याण की भावना छिपी रहती। सन् 1743 में जब उनका पुत्र विलियम 13 वर्ष को हो गया तो बेंजामिन ने उसकी शिक्षा के बारे में सोचना आरंभ कर दिया। वे उसे अच्छी से अच्छी शिक्षा देना चाहते थे। उनका सपना था कि विलियम एक नेक और आदर्शवादी इंसान बने। उन दिनों फिलाडेल्फिया या न्यूयॉर्क में शिक्षा के साधनों का अभाव था। बेंजामिन ने फिलाडेल्फिया में एक स्कूल खोलने के लिए प्रयत्न भी किया, किंतु यूरोप के युद्ध के कारण वे इस योजना में सफल न हो सके। उस समय उनका विचार केवल एक सपना बनकर रह गया। लेकिन वे पीछे हटनेवालों में से नहीं थे।

पेंसिल्वेनिया में प्रथम स्कूल

उनके मन में स्कूल खोलने का विचार अभी भी चल ही रहा था। जब युद्ध समाप्त हुआ तो बेंजामिन ने एक बार पुनः स्कूल खोलने का प्रस्ताव सबके सामने रखा। उन्होंने सबसे पहले जन्टो क्लब में इसके बारे में चर्चा की। उसके पश्चात उन्हें अन्य संगठनों ने भी अपना समर्थन दिया। वे सब बेंजामिन का हृदय से आदर करते थे। उन्होंने इस योजना को कार्य रूप देने के लिए एक इश्तहार छपवाया और उसे अपने सभी ग्राहकों तथा शहरभर के लोगों में बँटवा दिया। जिसने भी बेंजामिन की इस योजना के बारे में पढ़ा अथवा सुना, उसे यह पसंद आई। उनके इस विषय को लेकर सरकार के साथ कुछ मतभेद भी हुए किंतु बाद में सब कुशल हो गया और उन्हें स्कूल खोलने के लिए स्वीकृति मिल गई।

हज़ारों की संख्या में लोगों ने अपनी क्षमतानुसार पैसे देने शुरू कर दिए और देखते ही देखते कुछ ही समय में उनके पास 5,000 पौंड की राशि एकत्रित हो गई। स्कूल का निर्माण कार्य आरंभ हो गया और एक

वर्ष समाप्त होने के भीतर ही स्कूल स्थापित हो गया। प्रथम वर्ष के दौरान उसमें बहुत से विद्यार्थियों ने प्रवेश लिया। अगले वर्ष वह स्थान छोटा पड़ने लगा तो एक अन्य इमारत की व्यवस्था की गई। कुछ समय पूर्व बेंजामिन ने व्हाइटफील्ड के व्याख्यान के लिए जो भवन बनवाया था, उसे भी स्कूल के काम के लिए प्रयुक्त किया गया। बेंजामिन तो पहले से ही इस भवन के ट्रस्टी थे। अत: इस पर किसी भी कारण विरोधाभास उत्पन्न नहीं हुआ।

धीरे-धीरे इस स्कूल में विद्यार्थियों के लिए अधिक से अधिक सुविधाओं का इंतजाम किया जाने लगा। सन् 1779 में इस स्कूल का नाम 'पेंसिल्वेनिया स्कूल' रखा गया। उस समय इस स्कूल की गिनती शहर के सबसे अच्छे स्कूलों में की जाती थी।

अस्पताल का निर्माण

बेंजामिन की स्कूल खोलने की अभिलाषा पूर्ण हो गई थी। उन्हें अब यह संतुष्टि थी कि शहर के युवाओं को अशिक्षित नहीं रहना पड़ेगा। सन् 1736 में बेंजामिन के बेटे की उचित उपचार के अभाव में मृत्यु हुई थी, तभी से बेंजामिन के मन में एक अस्पताल का निर्माण करने के विचार आ रहे थे। इतने सालों तक वहाँ ऐसा कोई अस्पताल नहीं था, जहाँ किसी रोगी का उचित तरीके से उपचार किया जा सके। बाहर से आनेवाले रोगियों को भी शहर से बाहर पड़े खाली खंडहरों में रहना पड़ता था। उन्हें इस कारण बहुत सी कठिनाइयों का सामना करना पड़ता था। इससे न केवल रोगियों को बल्कि शहर की जनता को भी तकलीफ होती थी। उस समय डॉक्टर थॉमस बॉण्ड (Dr. Thomas Bond) बेंजामिन के करीबी मित्र थे। वे बेंजामिन के पुस्तकालय के सदस्य भी थे और उन्होंने बेंजामिन द्वारा स्थापित अमेरिकन फिलोसोफिकल सोसाइटी बनाने में भी अपना अमूल्य योगदान दिया था।

डॉक्टर बॉण्ड ने अपनी ओर से शहर में अस्पताल खोलने के कई प्रयत्न किए, किंतु उन्हें सफलता नहीं मिल सकी। अंतत: उन्होंने बेंजामिन से इस बारे में विचार विमर्श किया और अपनी योजना उन्हें बताई। देखते

ही देखते अस्पताल खोलने की पूरी योजना बना ली गई। बेंजामिन स्वयं चाहते थे कि शहर में स्कूल खुल जाने के साथ-साथ एक अस्पताल होना भी आवश्यक है। सरकारी अधिकारियों, राज्य सभा के सदस्यों तथा शहरवासियों की मदद से अस्पताल के लिए एक इमारत बनाने की मंजूरी मिल गई। सन् 1751 में इसका कार्य आरंभ हो गया। हालाँकि इसमें भी कुछ मतभेद उत्पन्न हो गए थे किंतु बेंजामिन हर प्रकार की मुश्किलों पर विजय पाना सीख गए थे। अत: उनका यह सपना भी पूरा होने लगा।

एक वर्ष के पश्चात अस्पताल की इमारत बनकर तैयार हो गई। इसके बनने में लगभग 4,000 पौंड की राशि खर्च हुई। आज यह अस्पताल मात्र एक अस्पताल न होकर एक विश्व प्रसिद्ध अस्पताल है, जो सभी प्रकार की आधुनिक सुविधाओं से सुसज्जित है। इसी अस्पताल के प्रांगण में एक मेडिकल कॉलेज की स्थापना भी की गई थी, जो आज के विश्व प्रसिद्ध कॉलेजों में गिना जाता है।

स्कूल और अस्पताल के पश्चात शहर में एक चर्च की स्थापना की गई। इसमें भी बेंजामिन ने अपना अमूल्य योगदान दिया और अपनी ओर से ढेर सारी राशि बतौर इसके निर्माण कार्य में लगाई। बेंजामिन द्वारा जन सेवाओं का दौर चलता रहा और शहर में एक के बाद एक करके बहुत से लोक कल्याण संबंधी कार्य होते रहे, जिनका विवरण देना कठिन है। सड़कों को पक्का बनवाया गया, कच्चे रास्तों पर पक्के फर्श बनवाए गए ताकि घरों के अंदर धूल-मिट्टी न आ सके।

बेंजामिन ने बाग-बगीचों के निर्माण कार्य में भी बहुत योगदान दिया। 'येलो विलो' (Yellow Willow) नाम का खूबसूरत पेड़ भी बेंजामिन के कारण ही अमेरिका में आया। यह पेड़ टोकरियाँ बनाने के काम आता है। इसके पीछे भी एक कहानी छिपी है कि उस समय विदेश से आए कुछ सामान से भरी टोकरियाँ पानी पड़ने से गीली हो गई थीं। बेंजामिन ने देखा कि एक टोकरी में से नन्हें-नन्हें पौधों के अंकुर फूटने लगे थे। उन्होंने समझदारी दिखाते हुए उन पौधों को फिलाडेल्फिया में एक स्थान पर लगावा दिया। जब वे बड़े होने लगे तो सबको बहुत अच्छे

लगने लगे। येलो विलो की तरह ही झाड़ू बनाने का एक पेड़ भी बेंजामिन की सूझबूझ के कारण शहर में आया।

अव्यक्तिगत कार्य करते हुए बेंजामिन लोगों के जीवन पर अपनी गहरी छाप छोड़ते जा रहे थे। उनके कार्यों को देखकर लोग उनकी खूब सराहना किया करते थे। यह जीवन का नियम है कि आप जिस भी चीज़ के लिए निमित्त बनते हैं, वह आपके जीवन में भी प्रकट होती है। वह आपके जीवन में कई गुना बढ़ जाती है। बेंजामिन लोगों की खुशी और उनकी सुविधाओं के लिए निमित्त बन रहे थे इसलिए उनके जीवन में भी भरपूर आनंद था। जो लोग दूसरों का उपचार करते हैं, उनका स्वयं का उपचार भी हो जाता है। जो लोग पैसा दान देते हैं, उन्हें बदले में कुदरत से कई गुना पैसा मिल जाता है। जब आप दूसरों की चेतना को ऊपर उठाने की कोशिश करते हैं तो आपकी चेतना भी बढ़ जाती है।

जीवन में फर्क इस बात से नहीं पड़ता कि आप क्या लेते हैं; फर्क तो इस बात से पड़ता है कि आप जीवन को क्या देते हैं। प्रेम देने पर ध्यान केंद्रित करेंगे तो आपके जीवन में प्रेम कई गुना बढ़ जाएगा। पैसा देने पर ध्यान केंद्रित करेंगे तो पैसा कई गुना होकर आपके जीवन में लौट आएगा। बेंजामिन का ध्यान तो हमेशा लोगों को अपनी सेवाएँ देने पर ही केंद्रित रहता था। उनका संपूर्ण जीवन ही लोकहित के लिए समर्पित था।

लोक हितों में व्यस्त होने के बावजूद बेंजामिन समय-समय पर अपने परिवार से संपर्क स्थापित किए हुए थे। उनके परिवारजनों को उनके हर कार्य का आभास रहता था। यह सब उनके माता-पिता और भाई-बहनों के आशीर्वाद व शुभकामनाओं का ही परिणाम था कि आज बेंजामिन इस मुकाम पर थे। उनके पिता जोसाया के देहांत के पश्चात उनकी माँ अबिया भी बहुत कमजोर हो चली थीं।

लंबी बीमारी के कारण सन् 1752 में 18 मई को उनकी माँ इस दुनिया से चल बसीं। उनका पार्थिव शरीर बोस्टन में उनके पति जोसाया फ्रैंकलिन के साथ ही दफनाया गया।

22
डाक विभाग में नियुक्ति

यूरोप में युद्ध समाप्ति के पश्चात पेंसिल्वेनिया के निवासियों को भी थोड़ी राहत मिली। युद्ध के समय मंडरा रहे खतरों से निपटने के लिए बेंजामिन ने स्थानीय निवासियों तथा सरकार के साथ मिलकर जिस प्रकार के इंतजाम किए थे, वे वास्तव में तारीफ के काबिल थे। धीरे-धीरे माहौल भी सामान्य होने लगा था। बेंजामिन अपने व्यवसाय से भी अवकाश ले चुके थे। किंतु उनके पास अकसर लोगों का ताँता लगा रहता था। लोग किसी न किसी समस्या के लिए बेंजामिन से मदद माँगने आते रहते थे।

बेंजामिन ने निर्णय लिया कि अब वे किसी भी दबाव के कारण कोई नौकरी नहीं करेंगे। किंतु वे ऐसा न कर सके। बहुत शीघ्र उन्हें सरकार की ओर से एक ऐसे सरकारी पद के लिए प्रस्ताव आया, जो उच्च श्रेणी से संबंध रखता था। वे पोस्ट ऑफिस में बतौर उप महा-अधिक्षक के पद पर पहले से ही कार्यरत थे। उन्हें इस पद पर बने हुए लगभग 15 वर्ष पूरे हो चुके थे। सन् 1753 में अमेरिका के डिप्टी पोस्टमास्टर जनरल की मृत्यु के पश्चात सरकार द्वारा बेंजामिन को उनका स्थान दे दिया गया। यह अपने आपमें एक बहुत बड़ा पद था। बेंजामिन के साथ एक अन्य इंसान, जिसका नाम विलियम हंटर (William Hunter) था, उसे भी यह पद प्रदान किया गया।

डाक विभाग में डिप्टी पोस्टमास्टर जनरल का पद ग्रहण करने के समय अमेरिका के डाक विभाग का यह हाल था कि अमेरिकी सरकार को पोस्ट ऑफिसों द्वारा कुछ भी लाभ नहीं हो रहा था। बेंजामिन और विलियम हंटर ने इस बात पर अपनी सहमति दी कि वे अवश्य ही ऐसे कार्य करने का प्रयत्न करेंगे, जिससे सरकार को थोड़ा बहुत लाभ होना

शुरू हो जाए। उस दौरान अमेरिका के डाक विभाग में बहुत सी त्रुटियाँ थीं। बेंजामिन ने उन सारी त्रुटियों को समझ लिया और उन्हें दूर करने के लिए सटिक योजना बनाने लगे। उनमें से कुछ सुधारों पर तो बहुत अधिक खर्च होने की संभावना थी। इसके फलस्वरूप अगले चार वर्षों के दौरान उनके कार्यालय पर 900 पौंड का कर्जा हो गया था। लेकिन बेंजामिन ने अपनी सूझबूझ से अनेक सुधार किए, जिसके कारण कुछ ही समय में वह कर्ज भी चुकता कर दिया गया और धीरे-धीरे उन्हें लाभ भी होने लगा।

बेंजामिन की नियुक्ति से पूर्व अकसर लोग समाचार पत्र बिना पैसे दिए ले जाया करते थे। बेंजामिन ने आते ही इसे रोका और इस पोस्ट पर टैक्स लगाया। जो डाक 15 दिनों में एक बार जाया करती थी, उसे 7 दिनों बाद भेजा जाने लगा। उन्होंने डाक विभाग की दरों में भी बहुत कमी की, जिससे अधिक से अधिक संख्या में लोगों ने डाक विभाग की सेवाएँ लेनी शुरू कर दीं। डाक विभाग में किए गए सुधारों से देश को बहुत फायदा हुआ। इस प्रकार डाक विभाग में नियुक्ति होने के पश्चात बेंजामिन ने डिप्टी पोस्टमास्टर के पद पर रहते हुए देश सेवा के भाव से ही कार्य किया।

23
डॉक्टर की उपाधि से सम्मान

सन् 1757 में नियामक समीति का प्रतिनिधी बनने के पश्चात बेंजामिन काफी समय तक लंदन में ही रहे। वहीं से उनका अपनी पत्नी डेबोरा से पत्र व्यवहार लगातार चलता रहता था। वे अपनी हर छोटी से छोटी बात भी डेबोरा को लिख भेजते थे। वे लगभग 10 वर्ष तक इंग्लैंड की राजधानी लंदन में रहे। इस दौरान वे सदा जनता के हितों की बात सोचते और पूरी निष्ठा से उनकी सेवा करते रहे। उन्हें प्रकृति से संबंधित अनेक विषयों के बारे में सोचने तथा उन पर गहन अध्ययन करने का शौक था। वे अकसर जल, पृथ्वी, वायुमंडल, सागर तथा मौसमों के बारे में विचार किया करते थे। प्रकृति किस प्रकार अपना कार्य करती है और वह उस कार्य को निरंतर करती रहती है, यह सोचकर कभी-कभी उन्हें बहुत हैरानी होती थी।

एक दिन सवेरे जब वे बाहर टहल रहे थे, तब उन्होंने एक घर के बाहर किसी वृद्ध महिला को झाड़ू लगाते हुए देखा। वे उसे ऐसा करते हुए देखकर ठिठककर रुक गए। उनका घर वहाँ से थोड़ी ही दूरी पर था। वे उस महिला के पास गए और उससे कहा कि 'यदि आप इस पूरी गली की सफाई कर देंगी तो मैं आपको एक शिलिंग दूँगा।' उस वृद्ध महिला ने यह कार्य करने के लिए हाँ कह दिया। इतना कहकर वे अपने घर आ गए। थोड़ी देर में जब वे पुन: बाहर जाने के लिए निकले तो उन्होंने देखा कि उस महिला ने अपनी सेहत की परवाह न करते हुए पूरी गली का कूड़ा उठाकर बड़े नाले में फेंक दिया था और उसे पानी से बहा दिया था। अब पूरी गली दिखने में बहुत सुंदर और साफ लग रही थी। बेंजामिन ने मेहनताने के रूप में उस महिला को एक शिलिंग दे दिया। इस घटना के बाद से उनके मन में यह विचार आया कि क्यों न इसी प्रकार शहर

की सभी गलियों और सड़कों की सफाई रोज़ाना हो जाया करे।

बस फिर क्या था। देखते ही देखते उन्होंने इसके बारे में कई उच्च अधिकारियों से बात की। उनका विचार था कि इसी प्रकार सभी बाजार व दुकानों के बाहर रोज़ाना उनके खुलने से पूर्व सफाई होनी चाहिए ताकि स्वच्छता बनी रहा करे। इस योजना को कार्यान्वित होने में थोड़ा समय लग गया किंतु इससे पता चलता है कि बेंजामिन हमेशा से लोक हितों का बहुत ध्यान रखते थे। यही नहीं, उन्होंने घरों के बाहर पक्के फुटपाथों तथा पक्के फर्श के निर्माण कार्य का भी विचार जताया, जिसे बाद में पूरा किया गया।

अपने कार्य के साथ-साथ वे अकसर भ्रमण के लिए निकल जाते तथा प्रकृति के अनुपम दृश्यों का आनंद उठाते। वे कभी किसी झील में नौका विहार के लिए चले जाते, जो कि उनका बरसों पुराना शौक था, कभी किसी पर्वतीय स्थल पर चले जाते और वहाँ कुछ दिन बिताते। उन्हें गीत गाने, नाटक देखने व संगीत सुनने का शौक तो बहुत पहले से था। वे अकसर किसी थिएटर में चले जाते और नाटकों का आनंद लेते। विज्ञान के प्रयोग भी उनके आवश्यक कार्यों में से एक थे। उन्हें जब भी समय मिलता तो वे नए से नए प्रयोग करने में अपने आपको व्यस्त रखते। उन्होंने अपने घर में एक बिजली बनाने का यंत्र रखा हुआ था, जिसे वे अकसर लोगों को दिखाया करते थे। उनके अद्भुत कार्यों तथा विज्ञान जगत में अमूल्य योगदान को देखते हुए एडिनबर्ग (Edinburgh) तथा सेंट एंड्रूज (St. Andrews) विश्वविद्यालयों ने उन्हें डॉक्टर की उपाधि से विभूषित किया। यही नहीं, लंदन से वापस आने से पूर्व उन्हें ऑक्सफोर्ड विश्वविद्यालय (Oxford University) ने 'डॉक्टर ऑफ लॉ' की उपाधि से भी अलंकृत किया। अत: अब वे केवल बेंजामिन फ्रैंकलिन न होकर 'डॉक्टर बेंजामिन फ्रैंकलिन' हो गए थे।

एक बार वे आयरलैंड की यात्रा पर थे। वहाँ किसी सज्जन ने उनसे पूछा कि 'आप यह निर्णय कैसे करते हैं कि कोई काम करना चाहिए अथवा नहीं करना चाहिए?'

इस पर बेंजामिन ने जवाब दिया, 'देखो महाशय! मैं जब कभी ऐसी दुविधा में होता हूँ तो एक कागज़ लेकर उसके दो टुकड़े कर लेता हूँ। फिर मैं एक टुकड़े पर उसके सारे सकारात्मक प्रभाव लिख लेता हूँ और दूसरे टुकड़े पर उसके नकारात्मक प्रभाव लिखता हूँ। लगातार 3-4 दिनों तक ऐसा करते रहने के पश्चात् मैं उन दोनों कागज़ के टुकड़ों पर लिखे हुए प्रभावों को गिनता हूँ। यदि उक्त कार्य के सकारात्मक प्रभाव अधिक होते हैं तो मैं वह काम कर लेता हूँ और यदि उसके नकारात्मक प्रभाव अधिक होते हैं, तो मैं वह काम नहीं करता। ऐसा करने से मुझे सबसे बड़ा फायदा यह होता है कि मेरा हर काम सोच-समझकर किया हुआ होता है।'

उनका तेज मस्तिष्क, जिज्ञासु प्रवृत्ति तथा अवलोकन शक्ति के आधार पर ही वे तत्वज्ञान के अनेक प्रयोग करने में सक्षम हुए। उनके प्रत्येक कार्य के पीछे कोई न कोई कारण अवश्य होता था। कहा जाता है कि देश के राजकीय कार्यों में उनका बहुत सा समय खर्च हुआ अन्यथा वे अपने तत्वज्ञान के बल पर इस जगत के लिए और अधिक सुविधाएँ जुटाने में सफल हो पाते।

24

पुत्री का विवाह और पत्नी से वियोग

फिलाडेल्फिया में बेंजामिन की अनुपस्थिति में उनका नया मकान बन रहा था। उस मकान का सारा कार्य डेबोरा की देखरेख में हो रहा था। डेबोरा के साथ पत्र व्यवहार के दौरान बेंजामिन को पल-पल की खबर मिलती रहती थी कि उनका नया घर कितना बन चुका है, उसमें कितने कमरे हैं, उसमें क्या-क्या सामान लग रहा है, कितने लोग काम कर रहे हैं आदि। उनके लंदन जाने के पश्चात रिचर्ड बाख (Richard Bache) नाम के एक व्यापारी ने उनकी पुत्री से विवाह करने की इच्छा जाहिर की। सारा को भी रिचर्ड पसंद था। डेबोरा ने भी उसे देखा और पाया कि रिचर्ड एक नेक लड़का है। अत: उसने अपनी ओर से उसे पसंद कर लिया था। डेबोरा ने बेंजामिन को सारा और रिचर्ड के बारे में पत्र में लिख भेजा था। विचार करने के पश्चात उन्होंने भी इस विवाह के लिए अपनी मंजूरी दे दी। अत: सन् 1767 में अक्टूबर मास में सारा और रिचर्ड का विवाह हो गया। चूँकि डेबोरा फिलाडेल्फिया में अकेली थी, अत: विवाह के पश्चात लगभग 8 माह तक रिचर्ड व सारा डेबोरा के साथ उनके घर पर ही रहे।

शादी के पहले साल में ही सारा और रिचर्ड के यहाँ एक पुत्र ने जन्म लिया। बेटी के घर में आई इस खुशी से डेबोरा बहुत प्रसन्न थी। बेंजामिन को जब इसकी सूचना मिली तो वे भी प्रसन्नता से फूले न समाये। डेबोरा नन्हें बच्चे से बहुत प्रेम करती थी। वह बहुत ही चंचल और होनहार बालक था। डेबोरा समय-समय पर उसके बारे में बेंजामिन को लिखती रहती थी। बेंजामिन भी डेबोरा को पत्र लिखकर समझाते रहते कि वह नन्हें बालक को सच्चाई पर चलने की शिक्षा दे। ऐसा करने में यदि बच्चे के माता-पिता उसे कभी-कभी मारें या डाँट लगाएँ तो वह बीच में न

पड़े। क्योंकि अकसर बड़ों के लाड–प्यार में पड़कर बच्चे बिगड़ जाते हैं।

डेबोरा की मृत्यु

सारा के नन्हें बच्चे की ओर ध्यान देते समय डेबोरा अपने स्वास्थ्य की ओर ध्यान नहीं दे पा रही थी। काफी समय से डेबोरा का स्वास्थ्य ठीक नहीं चल रहा था, लेकिन वह इस बात को नज़रअंदाज करती जा रही थी। उसके स्वास्थ्य में लगातार गिरावट आती जा रही थी। वह शारीरिक रूप से बहुत कमजोर हो चुकी थी। बेंजामिन भी मन ही मन यह सोचकर प्रसन्न थे कि 10 वर्षों के वियोग का अंत होनेवाला है। अब वे बहुत जल्दी अपनी पत्नी से जाकर मिलेंगे। लेकिन शायद भाग्य को ऐसा मंजूर न था। एक दिन अचानक उन्हें डेबोरा की मृत्यु का समाचार मिला।

उसे लकवे की शिकायत हो गई थी, जिस कारण उसका शरीर दुर्बल होता गया और देखते ही देखते शिथिल पड़ गया। मात्र 4-5 दिनों की बीमारी ने उसे इतना अधिक जकड़ लिया कि उसकी मृत्यु हो गई। उसके इस प्रकार शीघ्रता से चले जाने का सबको बहुत दु:ख हुआ। बेंजामिन और डेबोरा की वैवाहिक यात्रा 44 साल तक चली। जब बेंजामिन से उसका विवाह हुआ था तो वे प्रिंटिंग प्रेस में काम करनेवाले मात्र एक मज़दूर थे। उस दौरान उनकी आर्थिक स्थिति अच्छी नहीं थी। लेकिन डेबोरा ने उनसे विवाह करके कभी इस बात की शिकायत तक नहीं की। वह निर्धन अवस्था से लेकर धनवान होने तक भी अपने पति के साथ समान व्यवहार करती रही। यह उसके चरित्र की सबसे बड़ी विशेषता थी। वह हमेशा अपने पति द्वारा कमाए गए धन को बहुत सोच समझकर खर्च करती थी।

ऐसी सद्गुणी जीवनसाथी को पाकर बेंजामिन धन्य थे। लेकिन इस प्रकार एकाएक अपने जीवन साथी से बिछुड़ जाने पर वे मन ही मन टूट गए। उन्हें इस बात का बहुत दु:ख था कि अपनी पत्नी की मृत्यु के समय वे उससे बहुत दूर थे। वे सदा डेबोरा की सादगी का दिल से आदर करते थे।

25

पेंसिल्वेनिया में राष्ट्रपति

बेंजामिन की उम्र बढ़ती जा रही थी। वे 75 वर्ष के हो चुके थे। अब उनमें पहले जैसी शक्ति नहीं रही थी। हालाँकि उनकी मानसिक शक्ति अभी भी पहले जैसी ही थी, किंतु वे शरीर से हार चुके थे। उनके कार्य करने में जो चालाकी करने का मिश्रण था, वह भी समाप्त होता जा रहा था। उन्हें जोड़ों के दर्द और पथरी की भी शिकायत होने लगी थी। बीमारी के कारण उनका शरीर भी दुर्बल होता जा रहा था। वे अकसर बीमारी के कारण कई दिनों तक बिस्तर पर आराम करते। पहले तो फिर भी वे कभी-कभी यात्रा पर चले जाया करते थे और अपना मन बहला लिया करते थे। यही नहीं, यात्रा के कारण उन्हें अलग-अलग वातावरण में जाना पड़ता था और उन्हें कुछ व्यायाम करने के लिए भी समय मिल जाता था। लेकिन अब उनका सोचना था कि वृद्ध शरीर हो जाने के कारण उन्हें अपना ध्यान रखना चाहिए, जो कि दिन-रात कार्य करते रहने से संभव नहीं था।

इसी समस्या से छुटकारा पाने के लिए उन्होंने कांग्रेस को अपना त्याग पत्र भेज दिया। उन्होंने उसमें अपनी बीमारी तथा शारीरिक दुर्बलता का जिक्र करते हुए कहा कि अब वे और अधिक समय तक किसी भी पद पर नहीं रह सकते। अत: मेरे स्थान पर किसी अन्य इंसान को नियुक्त कर लिया जाए। उन्होंने लगभग 50 वर्षों तक सरकार की सेवा की और लोकोपयोगी कार्य किए। उन्हें देश-विदेश से सम्मान मिला और अनेक पुरस्कार भी प्रदान किए गए। वे अकसर कहते थे कि जीवन के बचे हुए दिन आराम से गुज़ारना ही उनकी अंतिम अभिलाषा है।

लेकिन कांग्रेस ने उनका त्याग पत्र स्वीकार नहीं किया। कांग्रेस चाहती थी कि बेंजामिन अभी भी देश सेवा करते रहें। बेंजामिन ने तो

अपनी प्रसन्नता तथा कार्य से मुक्त हो जाने के कारण त्याग पत्र दिया था किंतु कांग्रेस द्वारा उसे अस्वीकार करना उनके प्रति अनंत श्रद्धा भाव दर्शाता है। हारकर बेंजामिन को कांग्रेस की बात माननी पड़ी और वे अपने पद पर बने रहे।

27 अगस्त, सन् 1783 का दिन वैज्ञानिक जगत में एक अद्भुत दिन था। इसी दिन पॅरिस में विश्व का प्रथम हाइड्रोजन गुब्बारा हवा में उड़ाया गया। बेंजामिन तथा उनके अनेक मित्रों ने इस ऐतिहासिक उड़ान को अपनी आँखों से देखा। यह गुब्बारा प्रोफसर जैक्सि चार्ल्स (Jacques Charles) तथा लेस फ्रेरेस रॉबर्ट (Les Freres Robert) द्वारा बनाया गया था। इसे 'चैम्प डे मार्स' (Champ de Mars) नाम के स्थान से हवा में उड़ाया गया था। यह वही स्थान है, जिस स्थान पर आज विश्व प्रसिद्ध एफिल टॉवर (Eiffel Tower) खड़ा है। बेंजामिन ने इस गुब्बारे की उड़ान को देखा तो बहुत उत्साहित और आनंदित हुए। इस घटना से प्रोत्साहित होकर उन्होंने मानवयुक्त हाइड्रोजन गुब्बारे की अगली परियोजना के निर्माण के लिए आर्थिक रूप से सदस्यता ग्रहण कर ली। फिर जब 1 दिसंबर, सन् 1783 को हाइड्रोजन गुब्बारे ने दोबारा उड़ान भरी तो बेंजामिन को सम्मानित लोगों के साथ एक विशेष स्थान पर आदर सहित बिठाया गया।

बेंजामिन की प्रतिष्ठा पहले से भी अधिक होती जा रही थी। लोग उनकी योग्यता तथा बुद्धिमत्ता पर मुग्ध थे। अब बेंजामिन अपने जीवन का बचा हुआ समय अपने परिवार के साथ तथा अपनी जन्मभूमि पर बिताना चाहते थे। फ्रांस में उन्होंने लगभग सात वर्ष से भी अधिक समय गुज़ारा था। एक बार पुन: उन्होंने कांग्रेस से कहा कि वह उन्हें कार्य से आज़ाद कर दे। पहले-पहल तो वे पॅरिस जाना चाहते थे। उसके पश्चात उन्होंने इटली और जर्मनी जाने का विचार बनाया। किंतु लगातार गिरते हुए स्वास्थ्य के कारण उन्होंने अपने सारे कार्यक्रम रद्द कर दिए। अब वे वापस अपने शहर पेंसिल्वेनिया जाना चाहते थे। कांग्रेस ने भी उनकी प्रार्थना को मंजूरी दे दी। उन्हें 7 मार्च, सन् 1785 को वापस जाने का

आदेश दे दिया और उनके स्थान पर जेफरसन की नियुक्ति कर दी गई।

बेंजामिन के वापस जाने की पूरी तैयारी कर दी गई। सभी बड़े से बड़े अधिकारीगण उनके वापस जाने से दु:खी थे। इसका कारण था कि बेंजामिन पलभर में ही सबको अपना बना लेते थे। वे पूरे यूरोप में प्रसिद्ध हो चुके थे। उन्हें विदा करने के लिए हज़ारों की संख्या में लोगों की भीड़ इकट्ठी हुई। विदेश सचिव ने भी फ्रांस के राजा की ओर से उन्हें शुभकामना संदेश दिया। उनका पुत्र विलियम भी लगभग 10 वर्ष पश्चात वहाँ उनसे मिलने आया। सुनहरी यादों के साथ वे एक बार पुन: अपने देश को रवाना हो गए।

हमेशा की तरह उन्होंने यात्रा के दिनों में कई लेख तथा निबंध लिखे। हालाँकि उनके साथ आ रहे कुछ लोगों ने उन्हें उनका आत्मचरित्र आगे लिखने की भी सलाह दी, जिसे उन्होंने कुछ समय पूर्व ही लिखना शुरू किया था। किंतु बेंजामिन ने ऐसा न करके कुछ अन्य विषयों पर लेख लिखे। 48 दिनों की यात्रा के पश्चात वे फिलाडेल्फिया आ पहुँचे। उनका आदर सत्कार करने के लिए वहाँ लोगों का मेला लगा हुआ था। लोग जोर-जोर से उनके आदर में नारे लगा रहे थे। उनकी जय-जयकार कर रहे थे। एक लंबे जलूस के साथ उन्हें आदर सहित उनके निवास तक ले जाया गया।

अगले दिन राजसभा में उनका सम्मान किया गया। उन्हें मानपत्र के साथ शुभकामना संदेश प्रदान किया गया, जिस पर लिखा था कि *'हमें यकीन है कि हम जो भी कहेंगे, उसे पूरे देश की आवाज़ माना जाएगा। आपके द्वारा की गई देश सेवा की कोई कीमत नहीं है। न केवल इस वर्तमान समय के लोग ही आपका आभार मानेंगे बल्कि अमर और अक्षय कीर्ति के साथ आपका नाम इस देश के इतिहास में स्वर्णिम अक्षरों में लिखा जाएगा। हमारी भावी संतति सहस्र मुख से आपका गुणगान करेगी।'* यही नहीं, उन्हें अमेरिकन फिलोसोफिकल सोसाइटी, पेंसिल्वेनिया विश्वविद्यालय तथा अनेक संस्थानों द्वारा भी इसी प्रकार के मानपत्र प्रदान किए गए। बेंजामिन ने सबके प्रति अपना आभार प्रकट

किया और अंत में यह कहकर अपना वक्तव्य समाप्त किया कि 'एक सच्चे नागरिक होने के नाते मेरा जो कर्तव्य बनता था, मैंने केवल उसका पालन किया है।'

अपने देश में आने के बाद बेंजामिन के स्वास्थ्य में भी पहले से सुधार होता गया। वे चाहते थे कि जीवन के शेष दिन आराम से बिताएँ। किंतु ऐसा न हो सका। उन्हें पेंसिल्वेनिया की नियामक समिति का सभासद चुन लिया गया और इच्छा न होने पर भी वे पुन: काम में व्यस्त हो गए। कुछ ही समय पश्चात 18 अक्टूबर, सन् 1785 को मतदान के दौरान उन्हें पेंसिल्वेनिया का राष्ट्रपति चुन लिया गया। इस प्रकार वे पेंसिल्वेनिया के छठवे राष्ट्रपति बने और जॉन डिक्सन (John Dickison) का स्थान लिया। यह पद दूसरे राज्यों के गवर्नर के पद जैसा था।

राष्ट्रपति के पद पर रहते हुए उन्होंने कुशल नेतृत्व करके पेंसिल्वेनिया में खूब सुख-शांति दर्ज़ करवाई। नगरों की जमीन व जायदाद की कीमत भी पहले से चार गुनी हो गई। कृषि को भी प्रोत्साहन मिला तथा उनके शहर में विदेशों से आनेवाला व्यापार भी बढ़ता गया। लोगों को उचित कार्य मिलने लगा। उन्होंने फिलाडेल्फिया में कई मकान खरीद लिए थे, जिनके किराये से उनकी आय का बंदोबस्त हो जाया करता था। 20 वर्ष पूर्व उनकी अनुपस्थिति में पत्नी डेबोरा ने जो मकान बनवाना शुरू किया था, उसका कुछ कार्य अभी तक शेष था। बेंजामिन ने उस मकान को भी पूरा करवाया और परिवार सहित वहाँ आकर रहने लगे। उस समय बेंजामिन के साथ उनकी पुत्री सारा, उसका पति रिचर्ड और सारा के 6 बच्चे भी इस मकान में रहते थे। अपने 6 पौत्रों के साथ बेंजामिन के दिन खुशी से बीत रहे थे। यह उनके लिए सौभाग्य की बात थी कि 23 वर्षों तक विदेश में रहने के पश्चात उन्हें अपने घर में रहने का अवसर मिला था। डेबोरा ने वह मकान बहुत ही कुशल तरीके से बनवाया था। लेकिन वह स्वयं इसमें रहने के लिए जीवित न रही। बेंजामिन इस बात का हमेशा अफसोस मनाते रहे।

पेंसिल्वेनिया में राष्ट्रपति के पद पर रहते हुए उन्हें जो भी वेतन

मिलता, वे उसे लोक कल्याण के कार्यों में लगा देते। उन्हें रुपयों का लालच नहीं था बल्कि देश हित के कार्य करने में आनंद मिलता था। अकसर उनके निवास पर उनसे मिलनेवाले लोगों की भीड़ लगी रहती थी। वे लोगों से बड़े प्रेम से मिला करते थे। जब कोई प्रतिष्ठित इंसान अथवा कोई उनके जैसा तत्वज्ञानी आकर उनसे ज्ञान-विज्ञान की बातें करता तो उन्हें बहुत आनंद मिलता। उनके पास साहित्य का अमूल्य भंडार था। उनकी स्मरण शक्ति इतनी प्रबल थी कि पुस्तकालय में कौन सी पुस्तक कहाँ रखी हुई है, वे पलभर में बता देते। उनके बात करने का तरीका मनमोहक और आकर्षक था, जो पलभर में किसी भी इंसान को उनका दीवाना बना देता था।

वे तीन वर्ष तक पेंसिल्वेनिया में राष्ट्रपति के रूप में कार्यरत रहे। इसके पश्चात उन्होंने कोई भी पद अपने हाथ में नहीं लिया। किंतु समय-समय पर कई सरकारी व गैर सरकारी कार्यों के लिए उनकी सम्मति ली जाती थी। अब वे अपने बचे हुए समय में से रोज़ाना कुछ समय अपना आत्म चरित्र लिखने में व्यतीत किया करते, जो पिछले कुछ समय से अधूरा पड़ा हुआ था।

सन् 1771 तथा सन् 1788 के बीच में उन्होंने अपने आत्मचरित्र का लेखन समाप्त किया। उन्होंने यह कथानक अपने पुत्र विलियम के नाम संबोधित किया था। किंतु कुछ समय पश्चात उनके एक मित्र के अनुरोध पर इसे मानवता के लाभ के लिए पूरा किया गया। कहते हैं कि **'जब इस संसार में कोई इंसान बड़ा और प्रसिद्ध हो जाए तो अन्य लोगों में यह जानने की जिज्ञासा रहती है कि इसकी उन्नति का कारण क्या है।'** बेंजामिन भी ऐसे ही लोगों में से एक थे। इसका कारण उनका सच्चा देश प्रेम, कार्य करने की लगन, नेक चरित्र तथा उनकी सादगी थी।

26

अंतिम समय

बेंजामिन ने अपने अंतिम वर्षों में कई प्रकार से शारीरिक कष्ट उठाए। उन्हें जोड़ों के दर्द की शिकायत रहने लगी थी, पथरी जैसे रोग से भी पीड़ा झेलनी पड़ी थी। साथ ही उनका शरीर अब जर्जर होता जा रहा था। लेकिन वे कभी आलस्य को अपने पास नहीं फटकने देते थे। उन्हें जब भी लगता कि उनका शरीर आलस्य का शिकार होने जा रहा है, तो वे झट से उठते और कुछ न कुछ लिखने बैठ जाते। उनके लिखे हुए लेख तथा निबंध अंत तक समाचार पत्रों में प्रकाशित होते रहे। दास प्रथा पर लिखे गए उनके एक लेख को काफी सराहा गया था। यही नहीं, फिलाडेल्फिया में दास प्रथा को समाप्त करने के लिए भी उन्होंने जो आंदोलन चलाया था, उसके सभापति की हैसियत से उनका योगदान अमूल्य था।

बेंजमिन की वसीयत

अब उनकी आयु 84 वर्ष होनेवाली थी और उनकी बीमारी भी लगातार बढ़ती जा रही थी। लेकिन बेंजामिन मृत्यु के संबंध में भी अपने परिवारजनों तथा मित्रों से प्रसन्नचित होकर बातें किया करते थे। जब उन्हें इस बात का पता चल गया कि अब वे नहीं बचेंगे तो उन्होंने अपना वसीयतनामा भी लिखवा डाला। जिन लोगों के उन पर अधिकार थे, उन्होंने सबको स्मरण करते हुए यथा योग्यतानुसार उन्हें इस वसीयत का हिस्सेदार बनाया। कुल मिलाकर उनकी ज्यायदाद की कीमत लगभग 1,50,000 डॉलर थी। फिलाडेल्फिया में उनकी अधिकतर संपत्ति को उनकी पुत्री सारा, उनके दामाद तथा उनके बच्चों के नाम किया गया। उनके नाजायज पुत्र विलियम को उनकी ज़ायदाद का बहुत थोड़ा हिस्सा दिया गया क्योंकि उसने अंतिम युद्ध में बेंजामिन के देश के विरूद्ध कार्य

किया था।

जिन-जिन लोगों को बेंजामिन ने ऋण के रूप में पैसे दिए थे, वे उन्होंने वापस नहीं लिए बल्कि वे सारे पैसे उन्होंने लोगों को फिलाडेल्फिया के अस्पताल में दान देने के लिए कहा। इस प्रकार उन्होंने लोगों द्वारा दान करवाया। जो कर्मचारी लंबे समय से बेंजामिन के साथ कार्य करते आ रहे थे, उन्हें भी बेंजामिन ने अपनी वसीहत में हिस्सेदार बनाया। इससे समझ में आता है कि अपने कर्मचारियों के प्रति बेंजामिन के विचार कैसे थे। वे सभी को अपने परिवार का हिस्सा ही मानते थे।

सन् 1790 के अप्रैल माह के आरंभ में उन्हें तेज बुखार आने लगा और छाती में भी जोर-जोर से पीड़ा होने लगी। डॉक्टर लगातार उनका इलाज कर रहे थे। उनका कहना था कि बेंजामिन को पथरी के दर्द के कारण जो तकलीफ होती थी, उसे भूलने के लिए वे कभी-कभी अफीम का रस पी लिया करते थे। लेकिन उन्होंने कभी अपनी बीमारी को अपने ऊपर हावी नहीं होने दिया। वे रोगावस्था में भी लोगों से मिलते व उनसे विचार-विमर्श करते। वे अपने जीवन को अंतिम समय तक आनंदमय तरीके तथा तत्परता से जीना चाहते थे। वे अपने साथ बैठे लोगों से हँसी-मज़ाक किया करते तथा उन्हें मनोरंजक किस्से सुनाया करते।

धीरे-धीरे उनका बुखार जोर पकड़ता गया और ऐसा अनुमान लगाया जाने लगा कि उन्हें बहुत अधिक पीड़ा हो रही है। अब उस पीड़ा के साथ उन्हें खाँसी भी होने लगी थी।

इसी दौरान उनकी छाती में एक घाव हो गया। धीरे-धीरे वह घाव इतना बढ़ता गया कि उसमें से मवाद निकलना आरंभ हो गया। वे अंत तक इस पीड़ा को सहन करते रहे। किंतु जब पीड़ा अधिक बढ़ गई तो उनमें उसे सहन करने की शक्ति न रही। उनके दोनों फेफड़े भी खराब हो गए और वे बेहोशी की अवस्था में चले गए। अंततः 17 अप्रैल, सन् 1790 को वे इस संसार को अलविदा कह गए।

समूचे विश्व को उनकी मौत से गहरा आघात पहुँचा। संसार के

कोने-कोने से उनके लिए शोक संदेश आने लगे। हर कोई उनके साथ बिताए हुए क्षणों को याद कर रहा था और मन ही मन दु:खी हो रहा था। उन्हें विदा करनेवालों की भीड़ में बड़े से बड़ा अधिकारी तथा छोटे से छोटा इंसान भी शामिल था। सभी उनकी मौत से दु:खी थे। सभी चर्च के घंटे बजाए गए तथा झण्डे झुका दिए गए थे। उनके शव को कब्रिस्तान की भूमि पर रखते ही तोप दागकर उन्हें सलामी दी गई। उनकी प्रिय पत्नी डेबोरा के साथ ही उन्हें भी हमेशा के लिए भूमि में सुला दिया गया।

बेंजामिन के अंतिम अवस्था में विचार किस प्रकार के हो गए थे, इस बात की पुष्टि निम्न प्रस्ताव से की जा सकती है। उनकी मृत्यु से लगभग एक माह पूर्व जब एक कॉलेज के प्रिंसिपल ने उनसे उनके धार्मिक विचार जानने चाहे तो वे बोले, *'मैं इस संसार के कर्ता ईश्वर में पूर्ण विश्वास रखता हूँ। हम सब उसकी प्रजा हैं और वह हमारा पालक है। पालक रूपी वह ईश्वर समस्त विश्व का शासन चला रहा है और इतनी खूबसूरती से चला रहा है कि बड़े से बड़े विद्वानों को भी उसकी शक्ति का पार नहीं मिलता। मेरा यह मानना है कि हर इंसान के लिए उसकी प्रार्थना करना आवश्यक है। इसका सबसे अच्छा उपाय तो यह है कि हम अपने भाई-बंधुओं का भला करें क्योंकि हम सब एक ही परिवार के सदस्य हैं। मेरा ऐसा मानना है कि मनुष्य की आत्मा अमर है तथा इस जन्म में किए गए पाप व पुण्य का बदला अगले जन्म में अवश्य मिलता है। यही सत्य सभी धर्मों का मूल मंत्र है।'*

बेंजामिन फ्रैंकलिन की बेटी सारा

खंड 4

बेंजामिन फ्रैंकलिन के आविष्कार

बेंजामिन स्टोव

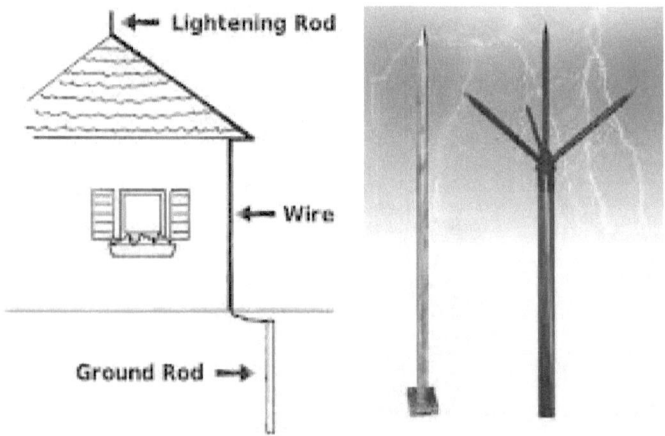

लाइट कंडक्टर

27
बेंजामिन स्टोव

बेंजामिन ने सन् 1742 में अपनी कल्पना शक्ति के आधार पर एक स्टोव का आविष्कार किया। यह ऐसा स्टोव था, जो कमरे को गर्म करने का काम करता था। यह एक धातु का फायरप्लेस था, इसे बाद में 'फ्रैंकलिन स्टोव' के नाम से जाना गया। यह स्टोव बनाने में उन्होंने उस समय के कुछ नवीनतम प्रयोग किए थे। पुरानी तरह के स्टोव में बहुत अधिक मात्रा में लकड़ियाँ जलाई जाती थीं। इससे बहुत धुआँ भी होता था। शहरों की संख्या में लगातार हो रही बढ़ोत्तरी के कारण लकड़ियाँ भी कम होती जा रही थीं। इसलिए बेंजामिन जब स्टोव बनाने की योजना बना रहे थे, तो वे यह सोच रहे थे कि इस स्टोव में लकड़ियों की आवश्यकता न पड़े और धुआँ भी न हो। अत: इस खुले स्टोव ने बेंजामिन की सभी आवश्यकताओं को पूरा कर दिया और एक नए आविष्कार के रूप में जनता के सामने पेश किया। इस आविष्कार का उद्देश्य सामान्य खुले फायरप्लेस से अधिक गर्मी और कम धुएँ का उत्पादन करना था। उस समय इसे 'परिसंचारी स्टोव' या 'पेंसिल्वेनिया फायरप्लेस' के नाम से भी जाना जाता था।

बेंजामिन के इस स्टोव में ईंधन की काफी बचत होती थी और ताजी हवा भी कमरे में आते ही गर्म हो जाती थी। बेंजामिन ने अपना सबसे पहला स्टोव अपने एक मित्र रॉबर्ट ग्रेस (Robert Grace) को उपहार स्वरूप भेंट किया। उस समय रॉबर्ट के पास एक लोहे की भट्टी थी, जिसमें लकड़ियों का इस्तेमाल होता था। लेकिन बेंजामिन के स्टोव के कारण उन्हें बहुत आसानी हुई। इस आविष्कार का लाभ आम लोग भी ले पाएँ और लोगों में इसकी माँग को बढ़ाने के लिए बेंजामिन ने अपनी प्रेस में इसके बारे में एक पैम्फलेट प्रकाशित करवाया। लोगों पर

इस पैम्फलेट का अच्छा प्रभाव पड़ा। इस आविष्कार को लेकर लोगों के मन में कुछ शंकाएँ भी थीं, जिसका समाधान बेंजामिन ने कराया।

बेंजामिन के इस आविष्कार के बारे में पढ़कर उस समय के गवर्नर टॉमस बहुत खुश हुए। बेंजामिन से बात करके उन्होंने इसके बारे में पूरी जानकारी भी प्राप्त की। वे चाहते थे कि बेंजामिन इस आविष्कार को अपने नाम से जल्द ही पेटेंट करा लें लेकिन बेंजामिन ने इसके लिए इनकार कर दिया। उनका मानना था कि हम अकसर किसी दूसरे इंसान द्वारा किए गए आविष्कार का फायदा उठाते हैं, इसीलिए हमें अपने किसी आविष्कार से दूसरों की सेवा करनी चाहिए ताकि उन्हें भी खुशी मिल सके। यदि वे अपने देश की सेवा करने के लिए सक्षम हैं तो वे बिना किसी स्वार्थ के और बिना किसी लाभ के देश सेवा करेंगे। इंसान जब अपने व्यापार में ढेर सारा रुपया कमा लेता है तो उसे नि:स्वार्थ भाव से देश की सेवा करने के लिए आगे आना चाहिए।

एक दिन लंदन में रहनेवाले एक लोहार को बेंजामिन के स्टोव के आविष्कार का पैम्फलेट मिला। फिर उसने भी ठीक वैसा ही स्टोव निर्मित किया, जैसा बेंजामिन ने बनाया था। लेकिन लोहार ने उस स्टोव में कुछ परिवर्तन करके, उसे अपने नाम से पेटेंट करा लिया। इससे उसने काफी धन कमाया। इस प्रकार बेंजामिन के बिना पेटेंट किए हुए इस आविष्कार से काफी लोगों ने लाभ उठाया और धन कमाया। कुछ लोग इसमें सफल हुए, तो कुछ नाकाम भी रहे। लेकिन बेंजामिन ने किसी पर भी मुकदमा जाहिर नहीं किया। क्योंकि अपने नाम से इस आविष्कार को पेटेंट कराकर उससे लाभ लेने की उनकी कोई इच्छा नहीं थी। धन की उनके पास कोई कमी भी नहीं थी। उन्हें इस बात से अधिक संतुष्टि हुई लोग इस आविष्कार का लाभ उठाने लगे हैं। वे जहाँ पर रहते थे, वहाँ आसपास के सारे घरों में 'फैंकलिन स्टोव' पहुँच गया था और इससे लकड़ी की काफी बचत होने लगी थी। लोग इस आविष्कार से बहुत खुश भी थे। बेंजामिन के लिए धन से अधिक, इस आविष्कार से लोगों को मिली खुशी और लाभ मायने रखते थे।

28
लाइट कंडक्टर

उन दिनों लेडन जार की खोज नई-नई हुई थी। यह बिजली एकत्रित करने का एक यंत्र माना जाता था। इसके आविष्कार का श्रेय पीटर वान म्यूस्चैनब्रोक (Pieter van Musschenbroek) को जाता है। वे डच में लेडन के निवासी थे। अत: उनके इस आविष्कार को उनके शहर के नाम से जाना गया। इस प्रयोग के अंतर्गत दो इलेक्ट्रॉडों का प्रयोग करके एक काँच के जार में बिजली को एकत्रित किया गया था। एक इलेक्ट्रॉड काँच के जार के भीतर तथा दूसरे को जार के बाहर की ओर स्थित किया जाता था। बेंजामिन को जब इस प्रयोग के बारे में पता चला तो वे इसके बारे में और अधिक जानकारी प्राप्त करने के इच्छुक हो गए।

बिजली की खोज

सौभाग्यवश उन्हीं दिनों एक डॉक्टर के अस्पताल में एक पुस्तक में उन्होंने इस प्रयोग के बारे में विस्तार से पढ़ा। उस डॉक्टर ने भी बेंजामिन को बिजली से संबंधित कुछ प्रयोग करके दिखाए, जिन्हें देखकर बेंजामिन हैरान रह गए। अब उनके स्वयं के सिर पर भी बिजली संबंधी प्रयोग करने का जुनून सवार हो गया। उन्हें जब भी अपने कार्यों से थोड़ा सा अतिरिक्त समय मिलता तो वे बिजली के प्रयोग करने में लग जाते। धीरे-धीरे उन्हें भी इस कार्य में रुचि पैदा होने लग गई। उन्हें बिजली के छोटे-छोटे प्रयोग करने में सफलता भी मिलती गई, जिसे वे लोगों के सामने करके दिखाते तो लोग बहुत खुश होते।

बेंजामिन ने लेडन जार के प्रयोग को एक आधार मानकर, इसमें कई सुधार किए। उन्होंने इसमें अपनी ओर से भी कई प्रयोग शामिल किए। इन प्रयोगों को करने के लिए वे कार्क लगी काँच की बोतल का प्रयोग करते, जिसमें पानी भरा होता था। एक बार यह जानने के लिए

कि बिजली का बल किस भाग में होता है, उन्होंने इसे जानने के इरादे से बोतल में से तार और उस पर लगा कार्क हटा दिया और तेजी से बोतल के मुँह पर अपना दूसरा हाथ रख दिया। अचानक पानी में से तेज प्रवाह के साथ बिजली की गर्मी निकली। इस प्रयोग से उन्हें पता चला कि उस तार में जोर नहीं था। यह जानने के लिए कि पानी में जोर था या नहीं, उन्होंने फिर से बोतल में बिजली भरी और पहले की तरह उसमें से कार्क और तार निकाल दिए। फिर उस बोतल का पानी दूसरी बोतल में डाल दिया। यदि पानी में बिजली का जोर होता तो दूसरी बोतल के मुँह पर हाथ रखने से गर्मी का आभास होना चाहिए था। किंतु ऐसा नहीं हुआ।

इससे उन्होंने अंदाजा लगाया कि हो सकता है कि पहली बोतल से पानी निकालते समय बिजली का असर भी समाप्त हो गया हो या फिर वह पहली ही बोतल में रह गई हो। अत: जब उन्होंने पहली बोतल में दोबारा पानी डाला तो उसमें थोड़ी सी बिजली के होने का प्रमाण पता चला। अंतत: वे इस निष्कर्ष पर पहुँचे कि बिजली का जोर केवल काँच में ही है, जो बोतल के स्वाभाविक गुण के कारण संभव है। बेंजामिन द्वारा की गई खोज 'लेडन जार का पृथक्करण' को उस समय की सबसे बेहतरीन खोज माना गया था। यह एक ऐसी खोज थी, जिसमें कोई भी इंसान किसी प्रकार की गलती नहीं निकाल सका।

पतंग परीक्षण

बेंजामिन अब यह जानना चाहते थे कि बादलों की गर्जन से उत्पन्न होनेवाली बिजली तथा संघर्षण से उत्पन्न होनेवाली बिजली, एक ही प्रकार की है या नहीं। इसका निर्णय लेने के लिए उन्हें कोई उपर्युक्त स्रोत नहीं मिल पा रहा था। प्राचीन काल में लोग आकाश से गिरनेवाली बिजली को दैवीय दंड अथवा दैवीय प्रहार मानते थे। वर्तमान में भी बहुत से लोग इसके वैज्ञानिक कारण को न समझते हुए इसे चिर-परिचित अंधविश्वास की उपमा देते हैं। उस समय फिलाडेल्फिया में एक बहुत ऊँची मीनार का निर्माण हो रहा था। बेंजामिन ने मन ही मन यह सोचा कि जब इस मीनार का निर्माण कार्य पूरा हो जाएगा तो वे इस पर चढ़कर

बादलों से बिजली प्राप्त करने की कोशिश करेंगे।

थोड़े ही दिनों के पश्चात उन्होंने किसी बालक को एक पतंग उड़ाते हुए देखा। अचानक उनके मस्तिष्क में एक विचार आया, जिससे उनके चेहरे पर एक मुस्कान फैल गई। उन्हें अपना नया प्रयोग पूरा करने का तरीका पता चल गया। उन्होंने एक रेशमी कपड़े की पतंग बनाई और उसे एक धागे से बाँधकर आकाश में उड़ाया। उन्होंने उस पतंग को खूब ऊँचाई तक उड़ाया और धागे के दूसरे सिरे को एक पेड़ के साथ बाँध दिया। पतंग हवा में उड़ती रही और वे बहुत उत्सुकता से पतंग से बँधे धागे को देखते रहे। उस समय आकाश में बादल छाए हुए थे और ऐसा जान पड़ता था जैसे कि थोड़ी ही देर में बरसात होनेवाली है। बादलों की गर्जन से आकाश में बिजली चमकी और पतंग से बँधे हुए धागे के रोएँ खड़े होने लगे। इससे बिजली जैसी तेज गर्मी उनकी अंगुली की ओर बढ़ी।

उनका प्रयोग सफल रहा और वे इस निष्कर्ष पर पहुँचे कि आकाश में गरजनेवाली बिजली संघर्षण बिजली की तरह ही होती है। इस विचार ने विज्ञान जगत में हलचल मचा दी थी। इसी प्रकार कुछ अन्य वैज्ञानिकों ने भी अपने प्रयोगों द्वारा यह सिद्ध करने की कोशिश की। बेंजामिन के साथ-साथ उन्होंने भी किसी ऊँची इमारत पर एक लोहे की लंबी छड़ खड़ी करके उसकी मदद से संघर्षण बिजली और आकाश की बिजली के बारे में जानने की कोशिश की। उन्हें भी इसी प्रकार के परिणाम देखने को मिले। देखते ही देखते बेंजामिन समस्त यूरोप में एक उभरते हुए विद्युत विज्ञानी के रूप में प्रसिद्ध हो गए। इस खोज से यह निष्कर्ष निकलकर सामने आया कि यदि किसी ऊँचे भवन अथवा इमारत पर लोहे अथवा ताँबे की लंबी छड़ को भवन की सबसे ऊँची छत पर लगा दिया जाए और उसके दूसरे सिरे को भूमि में गाड़ दिया जाए तो आकाश से गिरनेवाली बिजली से भवन को होनेवाले नुकसान से बचाया जा सकता है। जिस हिस्से को ऊपर की ओर रखा जाए, वह थोड़ा नुकीला होना चाहिए। ऐसा करने से जब भी आकाश की बिजली भवन की ओर गिरती

है तो वह उस लोहे अथवा ताँबे की छड़ से होती हुई जमीन के नीचे उतर जाती है। इसे लाइट कंडक्टर (Light Conductor) अथवा तड़ित चालक का नाम दिया गया। हालाँकि ऐसा प्रयोग करना अत्यंत मुश्किल तथा खतरनाक काम था। आगे चलकर एक वैज्ञानिक को ऐसा प्रयोग दोहराते हुए अपनी जान से हाथ धोना पड़ा था।

बाद में इसका प्रयोग समुद्री जहाजों, पहाड़ी स्थानों में बने घरों आदि में भी होने लगा। इस प्रयोग द्वारा आकाश से गिरनेवाली बिजली के कारण हज़ारों लोगों की जान तथा उससे होनेवाले जान-माल की हानि को बचाया जा सका। यह प्रयोग विद्युत क्षेत्र में एक क्रांति था।

इस विषय पर उनके द्वारा लिखे गए लेखों को विश्वभर में उत्सुकता से पढ़ा जाने लगा। कई लोगों के लिए यह बात बहुत ही आश्चर्यजनक थी कि यह कैसे संभव है कि आकाश से गिरनेवाली बिजली को जमीन के अंदर ले जाया जा सकता है। इस प्रयोग की सफलता से प्रसन्न होकर इंग्लैंड की रॉयल सोसाइटी (Royal Society) ने बेंजामिन को अपना सदस्य नियुक्त कर लिया और एक पदक प्रदान करके उन्हें सम्मानित भी किया। हार्वर्ड विश्वविद्यालय (Harward University) ने भी उन्हें सम्मानित किया और उन्हें सम्मान स्वरूप एम. ए. की उपाधि से विभूषित किया। बेंजामिन ने अपने बिजली संबंधी प्रयोग जारी रखे। बड़े से बड़े लोग अपना मकान बनवाते समय उनसे मशवरा लेने आते कि मकान में तड़ित का उपयोग किस प्रकार करना चाहिए। एक सफल व्यापारी बनने के बाद अब बेंजामिन एक सफल लोक हितैशी तथा देश के गणमान्य नागरिकों की श्रेणी में गिने जाते थे।

कहा जाता है कि एक सफल इंसान में अच्छी सूझबूझ, धैर्य, फुर्ती तथा स्वतंत्र आय जैसे गुणों का होना अनिवार्य होता है। ये सब गुण बेंजामिन में मौजूद थे, जिस कारण वे अपनी कार्य क्षमता के बल पर अनेक प्राकृतिक अनुसंधान या खोज करने में कामयाब रहे।

29

बेंजामिन के छोटे मगर असरदार आविष्कार

बेंजामिन फ्रैंकलिन ने अपने अद्‌भुत अविष्कारों तथा खोजों से विश्व को आश्चर्यचकित करके रख दिया। उनके द्वारा किए गए आविष्कार न केवल लोक कल्याण में लिए लाभकारी सिद्ध हुए बल्कि आम जनता को भी उनसे बहुत फायदा पहुँचा। उनके द्वारा किए गए कुछ आविष्कार इस प्रकार हैं :

1) दो लेंसों वाला चश्मा

बेंजामिन ने एक ही चश्में में दो प्रकार के लेंसों को एक साथ रखने की कल्पना की। यह एक ऐसा चश्मा है, जिसमें दूर तथा पास की नज़र के लिए एक ही चश्मा बनाया जाता है। इसके लेंस इस प्रकार से गढ़े जाते हैं कि उनका निचला हिस्सा पास की नज़र के लिए और बाकी का लेंस दूर की नज़र के लिए इस्तेमाल किया जाता है। ऐसा आविष्कार करनेवाले बेंजामिन पहले इंसान थे।

2) मूत्र विसर्जन नलिका

उन दिनों यदि किसी बीमारी के कारण किसी इंसान को अप्राकृतिक तरीके से मूत्र विसर्जन कराना होता था, तो वह बेहद पीड़ादायक तरीके से कराया जाता था। इस तरीके से उसके ब्लैडर (Bladder) में एक नकली नली घुसा दी जाती थी, जिससे बहुत अधिक पीड़ा और कष्ट होता था। बेंजामिन ने एक ऐसी नलिका की खोज की जो बहुत लचीली थी। उनके भाई जॉन को जब गुर्दे की बीमारी हुई तो उस समय उन्होंने इस नलिका का प्रयोग किया। इससे उन्हें मूत्र विसर्जन करने में बहुत आसानी हुई तथा पीड़ा भी कम से कम हुई।

3) प्रिंटिंग प्रेस के ठप्पे

बेंजामिन जब प्रिंटिंग प्रेस का काम किया करते थे तो उन दिनों प्रिंटिंग की तकनीक अधिक विकसित नहीं थी। फिलाडेल्फिया में तो कोई टाइप ढालने का काम भी नहीं करता था। उन्हें अकसर प्रिंटिंग में इस्तेमाल करने के लिए अनेक तरह के चिन्ह, किनारे के बॉर्डर तथा प्रतीकों की आवश्यकता होती थी। उन्होंने लकड़ी के ठप्पे विकसित किए जो कम्पोजिंग में लगाकर प्रिंटिंग के काम में लाए जा सकते थे। उन्होंने यह प्रयोग आलुओं से बने ठप्पों द्वारा भी किया।

4) थर्मामीटर

बेंजामिन जब भी समुद्री यात्रा पर होते तो उन्हें यह जानने की जिज्ञासा रहती थी कि कोई चीज़ कैसे काम करती है। कई बार ऐसा होता था कि मौसम खराब होने के कारण जहाज को कहीं रोककर, मौसम के ठीक होने का इंतज़ार करना पड़ता था। ऐसे समय पर वे सोचा करते थे कि 'काश! कोई ऐसा यंत्र होता, जिससे मौसम की जानकारी प्राप्त हो सके।' उनकी इसी सोच ने थर्मामीटर जैसे यंत्र को जन्म दिया। उन्होंने काँच की एक छोटी बोतल में थोड़ी शराब और पानी डाला। उन्हें अच्छी तरह से हिलाया। फिर उन्होंने बोतल को बंद करके उसमें एक काँच की नलिका डाल दी। उसे बोतल के तल से ऊपर रहने दिया। फिर उन्होंने अपने दोनों हाथों से बोतल को ढक दिया। शराब के साथ मिले हुए पानी के मिश्रण ने प्रतिक्रिया शुरू कर दी और वायु के दबाव के कारण उसे फैलने के लिए अधिक स्थान की आवश्यकता हुई, जिसके कारण वह काँच की नलिका में चढ़ता गया। इससे उन्हें वायु के दबाव के परीक्षण की जानकारी प्राप्त हुई।

5) गल्फ स्ट्रीम का नक्शा

अपनी समुद्री यात्राओं के दौरान बेंजामिन हमेशा अपने तत्वज्ञान में जुटे रहते थे। उन्होंने समुद्री यात्राओं के दौरान यह बात महसूस की कि अटलांटिक महासागर में समुद्र की लहरें अधिक तेज़ी से उठती हैं। उन्होंने

यह बात भी महसूस की कि इस तरफ के पानी का रंग भी कुछ अलग है तथा इसमें विचरने वाले जानवर भी अलग हैं। वहाँ के पानी का तापमान भी कुछ भिन्न था। उन्होंने वहाँ की जलवायु के प्रभाव को जानने के लिए अपने द्वारा बनाए थर्मामीटर का प्रयोग किया और उसके अनुसार ही एक नक्शा बनाया। यही नक्शा गल्फ स्ट्रीम का नक्शा बन गया, जो एक साँप की आकृति दर्शाता है।

6) तैरने वाले पंख

बेंजामिन फ्रैंकलिन तैराकी के लिए हमेशा उत्साहित रहते थे। उन्हें बचपन से ही तैराकी का बहुत शौक था। उन्होंने अल्प आयु में ही तैरनेवाले पंखों के जोड़े का निर्माण किया था, जिन्हें दोनों हाथों से जोड़कर कोई भी तैराक आसानी से पानी में तैर सकता है। यह पंख वर्तमान में तैराकी के लिए इस्तेमाल किए जानेवाले रबड़ के फ्लिपर की तरह थे, जिन्हें पैरों में पहना जाता है।

7) ओडोमीटर

किसी पहिए द्वारा दौड़ती हुई गाड़ी की दूरी मापने के यंत्र को ओडोमीटर कहा जाता है। यह यंत्र किसी कार, बस, मोटर बाइक अथवा सइकिल में लगाने से एक स्थान से दूसरे स्थान तक की दूरी को मापने के काम आता है। बेंजामिन जिन दिनों फिलाडेल्फिया में पोस्ट मास्टर के रूप में कार्यरत थे, उन दिनों उन्हें अकसर फिलाडेल्फिया से बोस्टन जाना पड़ता था। उन्हें हमेशा यह जानने की जिज्ञासा रहती थी कि वे कितनी यात्रा कर चुके हैं या कितनी दूर आ गए हैं। उनकी इसी सोच ने ओडोमीटर का आविष्कार किया। उन्होंने एक ऐसी तकनीक खोज निकाली, जिससे एक यंत्र को पहिए के साथ जोड़ दिया जाता था और उसमें घूमती हुई सुई निश्चित दूरी तक जाकर एक मील के सफर को दर्शाती थी। उनके इस आविष्कार ने दूरी मापने की परेशानी को हमेशा के लिए समाप्त कर दिया।

8) **ग्लास ऑर्मोनिका**

बेंजामिन फ्रैंकलिन संगीत के दीवाने थे। वे नियमित रूप से संगीत सभाओं तथा समारोहों में भाग लेते थे। उनकी संगीत की रुचि ने उन्हें एक नए प्रकार के वाद्य यंत्र का आविष्कारक बना दिया। इसके बारे में वे स्वयं लिखते हैं, 'मेरे द्वारा आविष्कार की गई सभी चीज़ों में से ग्लास ऑर्मोनिका के आविष्कार ने मुझे सबसे अधिक खुशी दी।'

एक बार उन्हें हेंडल नामक संगीतकार का संगीत सुनने का मौका मिला। वह काँच के कई गिलासों में अलग-अलग मात्रा में शराब भरकर उन्हें उंगलियों से बजाया करता था। 18वीं सदी में इंग्लैंड में इस प्रकार का संगीत बहुत लोकप्रिय था। उसका संगीत सुनने के बाद बेंजामिन ने सन् 1761 में स्वयं का ग्लास ऑर्मोनिका बना डाला। इसके लिए उन्होंने लंदन के एक ग्लास का संगीत बजानेवाले इंसान चार्ल्स जेम्स (Charles James) की सहायता ली। उन्होंने उसमें 37 काँच के गिलासों को जोड़ा और हर गिलास के ऊपरी सिरे को अलग रंग दे दिया ताकि नोट बनाने में आसानी रहे। बेंजामिन के इस वाद्य यंत्र गिलासों में पानी नहीं भरा गया था। सभी गिलासों को एक के बाद एक करके एक गोल चक्र से जोड़ दिया गया था। इसे पैर से दबाकर बजाया जाता था। इसके बनने के बाद सन् 1762 में इसका सार्वजनिक रूप से प्रदर्शन किया गया, तो जनता ने इसे काफी सराहा। बीथोवन (Beethoven) तथा मोजॉर्ट (Mozart) जैसे प्रसिद्ध संगीतकारों ने भी इसका प्रयोग किया। बाद में बेंजामिन इसे अपनी पुत्री सैली (Sally) के साथ मिलकर बजाया करते थे।

9) **नकली बाजू**

बेंजामिन को पुस्तकों से बेहद लगाव था। उनके पास जब भी अतिरिक्त समय होता तो उसे वे किसी न किसी पुस्तक पढ़ने में व्यतीत करते। उनका अपना स्वयं का पुस्तकालय बहुत बड़ा था, जिसमें सैंकड़ों पुस्तकों का संकलन था। लेकिन कभी-कभी किसी ऊँची शेल्फ पर रखी गई पुस्तक को उठाने और उसे वापस रखने में बहुत कठिनाई होती थी और ऐसा करना किसी मुसीबत से कम नहीं लगता था। इस परिस्थिति से

बचने के लिए उन्होंने एक नकली बाजू बनाई। यह एक साधारण लकड़ी की लंबी स्टिक थी, जिसके आगे एक नकली पंजा लगाया गया था। इससे किसी भी ऊँचे स्थान पर रखी पुस्तक को उठाया जा सकता था और उसे वापस रखा जा सकता था।

10) मक्खियों पर प्रयोग

एक बार जब बेंजामिन अपने मित्र के साथ भोजन कर रहे थे तो उनके मित्र ने भोजन के साथ थोड़ी शराब लेनी चाही। बेंजामिन ने शराब की एक बोतल में से थोड़ी सी शराब किसी प्याले में निकाली। अचानक उन्होंने देखा कि उस बोतल में से 3 - 4 मरी हुई मक्खियाँ निकलीं। उन्हें याद आया कि वह शराब उन्होंने बहुत समय पहले वर्जीनिया से लेकर उस बोतल में भरवाई थी। उन्होंने बहुत पहले किसी पुस्तक में पढ़ा था कि यदि कोई मक्खी शराब में डूबकर मर जाए और उसे निकालकर सूरज की किरणों के सामने रख दिया जाए तो वह पुन: जिंदा हो जाती है। बस फिर क्या था? उनके दिमाग में आया कि क्यों न इस बात की पुष्टि की जाए। देखते ही देखते उन्होंने शराब को एक अलग प्याले में छान लिया और मरी हुई मक्खियों को धूप में रख दिया। उनके आश्चर्य का ठिकाना न रहा जब लगभग तीन घंटे बाद उन्होंने देखा कि उनमें से दो मक्खियाँ हिलने लगीं और अपने पंख फड़फड़ाने लगीं। उनमें प्राण वापस आ गए और वे फुर्र से उड़ गईं। केवल एक मक्खी जीवित नहीं हो पाई।

बेंजामिन मक्खियों पर इस प्रकार का प्रयोग करके लिखते हैं कि 'यदि मनुष्य को भी डुबोकर रखने की कोई तरकीब आ जाए तो कितना अच्छा हो। उसे जब चाहो, बाहर निकालो और जिंदा कर दो। सौ वर्षों के पश्चात् अमेरिका की दशा बहुत बदलनेवाली है। काश कि मैं भी उस बदली हुई दशा को देख पाता। काश कि मेरे हाथ भी ऐसी कोई तरकीब लग जाए, जिससे मैं भी शराब में डूबकर मर जाऊँ और सौ वर्षों बाद अपने प्रिय देश की सूर्य की किरणों से पुन: जीवित होकर उसे एक नए रूप में देख सकूँ।'

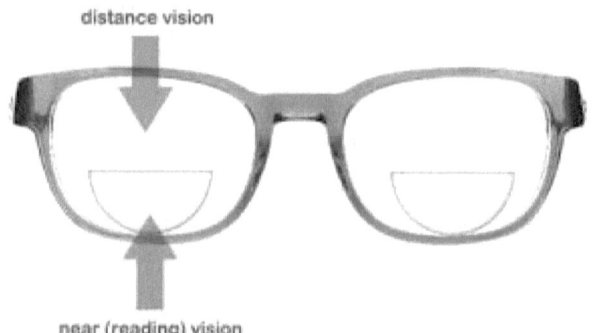

दो लेंसों वाला चश्मा

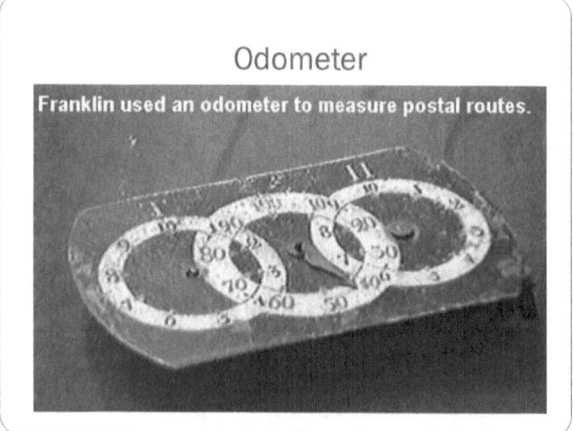

ओडोमीटर

ग्लास ऑर्मोनिका

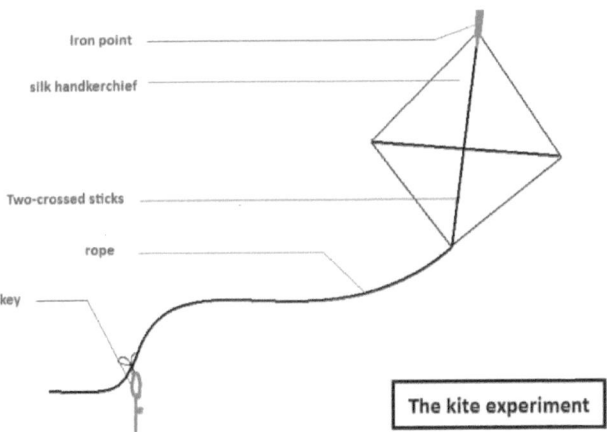

पतंग परीक्षण

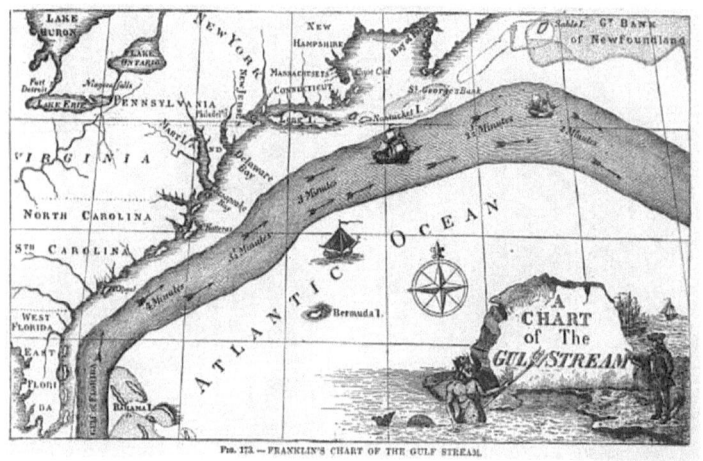

FIG. 173. — FRANKLIN'S CHART OF THE GULF STREAM.

गल्फ स्ट्रीम का नक्शा

परिशिष्ट

1

स्मृति चिन्ह

बेंजामिन फ्रैंकलिन ने अपनी जीवितावस्था में जो सम्मान व लोकप्रियता हासिल की थी, वह उनकी मृत्यु के पश्चात भी बनी रही। उनके समकालीन लोगों ने उनका अपने हृदय में जो आदर भाव रखा था, उसे उनके चले जाने के बाद भी संसार ने कम नहीं किया। अमेरिका के जनक के रूप में उनका नाम कई चीज़ों से जुड़ा है, जिसे हम उनके स्मृति चिन्ह के रूप में जानते हैं।

1. 'द स्टेट ऑफ फ्रैंकलिन' (The State of Franklin), जो कि कुछ ही समय तक अस्तित्व में रहा। इसका गठन अमेरिका की क्रांति के दौरान किया गया था।
2. 16 अमेरिकी राज्यों में काऊन्टी के नाम
3. लैंकस्टर (Lancaster) के समीप फ्रैंकलिन तथा मार्शल कॉलेज
4. फिलाडेल्फिया में 'फ्रैंकलिन फील्ड' (Franklin Field) नाम का फुटबॉल मैदान
5. बेंजामिन फ्रैंकलिन ब्रिज, जो कि फिलाडल्फिया तथा कामडेन (Camden) के बीच डेलावर नदी पर बना है।
6. फिलाडेल्फिया स्थित 'द फ्रैंकलिन इंस्टीट्यूट' नाम का एक विज्ञान का संग्रहालय जो 'बेंजामिन फ्रैंकलिन पदक' प्रदान करता है।
7. 'सन्स ऑफ बेन' नाम से फिलाडेल्फिया यूनियन में फुटबॉल प्रेमियों के लिए बना एक क्लब।
8. 'फ्रैंकलिन टेंपलटन इन्वेसटमेंट' (Franklin Templeton Investment) के नाम से बनी एक निवेश कंपनी जिसका न्यूयॉक स्थित स्टॉक एक्सचेंज भी उनके संक्षिप्त नाम बेन (BEN) रखा गया

है।

9. बेंजामिन फ्रैंकलिन स्टोर्स, जो कि स्टोर्स की एक कड़ी है।

10. मनोविज्ञान के क्षेत्र में 'बेन फ्रैंकलिन प्रभाव'।

11. बेंजामिन फ्रैंकलिन 'हाकाय' पियर्स नाम का एक उपन्यास, एक फिल्म तथा टेलिविजन के कार्यक्रम में एक काल्पनिक चरित्र।

12. नेवी के कई जहाजों का नाम 'यू.एस.एस. फ्रैंकलिन' (USS Franklin) रखा गया है।

13. उनके एक मित्र द्वारा एक वृक्ष का नाम 'फ्रैंकलिन अलातमाहा' (Franklin Alatamaha) रखा गया।

14. 'सी.एम.ए. सी.जी.एम. बेंजामिन फ्रैंकलिन' (CMA CGM Benjamin Franklin) नाम से चीन में निर्मित एक मालवाहक जहाज, जो कि फ्रांस के पास है।

इनके अलावा अनेक गली, मुहल्ले, नगर, परगने, होटल, राजमार्ग, बैंक, संघ, स्मारक, संस्थान, संग्रहालय तथा चौक आदि उनके नाम से विख्यात हैं। अनेक प्रिंटिंग प्रेस अभी तक उनके नाम से चल रही हैं। अनेक सरकारी संस्थानों, पुस्तकालयों आदि में उनकी प्रतिमाएँ तथा तस्वीरें स्थापित हैं। सन् 1928 में उनके चित्र को 100 डॉलर के नोट पर छापा गया। सन् 1948 से 1964 के दौरान उनका चित्र 50 डॉलर पर भी छापा गया। इसके अलावा उनके चित्र 1000 डॉलर के बचत बांड पर भी अंकित हैं। अनेक डाक टिकटों पर भी उनके चित्र अंकित हैं। कहा जाता है कि फिलाडेल्फिया शहर में ही उनकी लगभग 5000 मूर्तियाँ लगी हुई हैं। उनके जन्म दिवस को समस्त अमेरिका में एक उत्सव के रूप में मनाया जाता है। उनके बारे में यह बात भी विख्यात है :

'बेंजामिन संयुक्त राज्य अमेरिका के एकमात्र ऐसे राष्ट्रपति थे, जो वास्तव में कभी संयुक्त राज्य अमेरिका के राष्ट्रपति बने ही नहीं।'

2
बेंजामिन के अनमोल विचार

1. मछली एवं अतिथि, तीन दिनों के बाद दुर्गंधजनक और अप्रिय लगने लगते हैं।
2. हँसमुख चेहरा रोगी के लिए उतना ही लाभकर है, जितना कि स्वस्थ ऋतु।
3. चींटी से अच्छा उपदेशक कोई और नहीं है। वह काम करते हुए खामोश रहती है।
4. यदि कोई व्यक्ति अपने धन को ज्ञान अर्जित करने में खर्च करता है, तो उससे उस ज्ञान को कोई नहीं छीन सकता! ज्ञान के लिए किए गए निवेश में हमेशा अच्छा प्रतिफल प्राप्त होता है!
5. धन से आज तक किसी को खुशी नहीं मिली और न ही मिलेगी, जितना अधिक व्यक्ति के पास धन होता है, वह उससे कहीं अधिक चाहता है। धन रिक्त स्थान को भरने के बजाय शून्यता को पैदा करता है।
6. क्रोध कभी भी बिना कारण नहीं होता लेकिन कदाचित ही यह कारण सार्थक होता है।
7. ज्ञान में पूंजी लगाने से सर्वाधिक ब्याज मिलता है।
8. जीवन में दुःखद बात यह है कि हम बड़े तो जल्दी हो जाते हैं, लेकिन समझदार देर से होते हैं।
9. आप रुक सकते हैं लेकिन समय नहीं रुकता।
10. जल्दी सोने और जल्दी उठने से इंसान स्वस्थ, समृद्ध और बुद्धिमान बनता है।

11. या तो कुछ पढ़ने योग्य लिखो या फिर कुछ लिखने योग्य करो।
12. ईश्वर उसकी मदद करता है, जो खुद अपनी मदद करता है।
13. संतोष गरीबों को अमीर बनाता है, असंतोष अमीरों को गरीब।
14. अर्ध-सत्य अक्सर एक बड़ा झूठ होता है।
15. अच्छा करना, अच्छा कहने से बेहतर है।
16. निरंतर विकास और प्रगति के बिना, सुधार, उपलब्धि और सफलता जैसे शब्दों का कोई महत्त्व नहीं है।
17. छोटे-छोटे खर्चों से सावधान रहिए। एक छोटा सा छेद बड़े से जहाज़ को डूबा सकता है।
18. तैयारी करने में फेल होने का अर्थ है, फेल होने के लिए तैयारी करना।
19. अज्ञानी होना उतनी शर्म की बात नहीं है, जितना कि सीखने की इच्छा ना रखना।
20. बाहरी परिस्थितियों की अपेक्षा खुशी मन के अंदरुनी स्वभाव पर निर्भर करती है।
21. जिसको खुद से प्यार हो जाता है, उसका कोई प्रतिद्वंदी नहीं होगा।
22. खुशी चीजों में नहीं है, यह हमारे अंदर है।
23. सच्चा दोस्त वही है जो मुसीबत में काम आए।
24. अपनी अज्ञानता का एहसास होना ज्ञान के मंदिर की देहलीज तक पहुँचना है।
25. महान सौंदर्य, अत्यधिक ताकत, बहुत धन का वास्तव में कुछ खास उपयोग नहीं है। एक सच्चा हृदय सबसे ऊपर है।
26. जीवन में तीन चीजें हैं जो बहुत ही कठोर हैं। इस्पात, हीरा और स्वयं को पहचानना।

3

गुणों का खज़ाना

'तुम अगर गलतियाँ करने से घबराओगे तो तुम्हारे हाथ केवल असफलता ही लगेगी इसलिए बिना डरे आगे बढ़ो।' यही प्रवृत्ति एक इंसान को महान बनाती है। आपको इस बात पर यकीन नहीं? तो आइए और जानिए उस इंसान के जीवन को, जिसने ये बुद्धिमत्ता के शब्द कहे थे। उनका नाम है, 'बेंजामिन फ्रैंकलिन'।

एक साबुन निर्माता के घर में जन्मे बेंजामिन फ्रैंकलिन प्राथमिक शिक्षा से वंचित रहने के बावजूद, अपने हर कार्य में श्रेष्ठ होते। उन्होंने बारह वर्ष की छोटी-सी आयु में अपने भाई जेम्स की प्रिंटिंग प्रेस में काम करना प्रारंभ किया और जल्द ही प्रिंटिंग का काम सीख भी लिया। उनमें सीखने की लगन भरपूर थी। उनकी कही हुई बात कि **'या तो कुछ ऐसा लिखो, जो पढ़ने लायक हो या कुछ ऐसा करो, जिसके बारे में लिखा जा सके'** बेंजामिन ने अपने जीवन में ये दोनों ही बातें कीं। उनके द्वारा लिखा गया हर लेख, चाहे वह किसी भी विषय पर हो, लोगों पर गहरा असर डालता था। उनकी लेखनी से आज तक लोगों को प्रेरणा मिलती रही है। उन्होंने अपने जीवन को ऐसा प्रेरणादायी बनाया कि सदियों तक लोग उनके जीवन पर अलग-अलग किताबें, निबंध लिखते आ रहे हैं।

अपने लेखों में बेंजामिन ने अमेरिकी उपनिवेश से जुड़े कई पहलुओं पर विस्तार से टिप्पणी की थी। आगे अपनी जिंदगी को अपने दम पर जीने के लिए उन्होंने मात्र सत्रह वर्ष की आयु में अपना घर छोड़ दिया था।

'ऊर्जा और दृढ़ता से हर चीज़ पर विजय प्राप्त की जा सकती है' शायद यही वह मंत्र था, जो उन्होंने अपने जीवन की नई शुरुआत करते समय

सीखा। न्यूयॉर्क की अनजान गलियों में भटकते-भटकते वे फिलाडेल्फिया गए, जहाँ उन्होंने खुद के दम पर एक प्रिंटिंग प्रेस शुरू की। आर्थिक स्तर पर समृद्ध बनने के बाद उन्होंने लोक सेवा के कई कार्य किए। उन्होंने बिजली के प्राकृतिक स्वभाव, जिसने दशकों से कई विद्वानों को दुविधा में डाल रखा था, उसके रहस्यों को खोजकर विज्ञान के क्षेत्र में भी एक महान योगदान दिया।

धीरे-धीरे उन्होंने राजनीति की सीढ़ियाँ चढ़ीं और इतने सफल बने कि उनके राज्य के लोगों ने अपना प्रतिनिधित्व करने के लिए और बाद में अपने देश का संविधान बनाने के लिए उनका चयन किया। राजनीति में बेंजामिन फ्रैंकलिन अमेरिका के सबसे प्रभावशाली नेताओं में से एक बन चुके थे। जिन्होंने सन् १७७५ की क्रांति में एक बहुत बड़ी भूमिका निभायी थी। आज उन्हें संयुक्त राज्य अमेरिका के संस्थापक जनकों में से एक माना जाता है, उन्होंने अमेरिका के संविधान की रूपरेखा तैयार करने में भी अपना सहयोग दिया था। सन् १७७६ से १७८५ तक उन्हें फ्रांस में अमेरिकी राजदूत के रूप में चुन लिया गया था।

फ्रांस में बेंजामिन के नाम का जो प्रभाव था, वह फ्रांस जैसे एक विशाल देश की जनता के हृदय में बरसों तक रहा। वहाँ उनकी योग्यता का सिक्का पूरी तरह जम चुका था। अनेक प्रतिष्ठित लोग उनकी प्रतिभा को देखकर हैरान रह जाते थे।

बेंजामिन सदा लोगों की आर्थिक संकट में सहायता करने को तत्पर रहते थे। यही नहीं, वे जब कभी देखते कि किसी इंसान को पैसों की आवश्यकता है तो वे उसे पैसे भी देते। यह उनके चरित्र की एक बहुत बड़ी विशेषता कही जा सकती है कि वे बहुत उदार प्रवृत्ति के इंसान थे।

> एक समय की बात है, जब एक अंग्रेज पादरी को फ्रांस में किसी कैदखाने में रखा हुआ था। बेंजामिन को जब उसके बारे में पता चला तो उन्होंने उसे पत्र भेजा, जिसमें लिखा था कि 'जिस प्रकार आज मैं तुम्हारी सहायता कर रहा हूँ, ठीक उसी प्रकार तुम भी कभी किसी मुसीबत में फँसे हुए इंसान

की मदद कर देना। तुम्हारी सहायता करके मैंने अपने धर्म का पालन किया है। इसी प्रकार तुम भी जब किसी की सहायता करोगे तो तुम भी अपने धर्म का पालन करोगे। जिस प्रकार मैंने तुम पर उपकार किया है, उसी प्रकार तुम भी किसी पर उपकार कर देना। इस प्रकार थोड़े से पैसों से कई लोगों की सहायता हो जाया करेगी। सहायता का यह चक्र ऐसे ही चलते रहना चाहिए क्योंकि समस्त मनुष्य जाति अपने आपमें एक परिवार की तरह है।'

अमेरिकी क्रांति के दौरान एक राजनेता के रूप में उन्होंने फ्रांस में फ्रेंच गठबंधन हासिल किया, जिसने अमेरिका की स्वतंत्रता को संभव बनाने में मदद की। राजनीति में निपुण फ्रैंकलिन को पॅरिस में अमेरिकी मंत्री के रूप में फ्रांस के लोगों द्वारा खूब सराहा गया। वे फ्रांस-अमेरिकी संबंधों के सकारात्मक विकास में एक प्रमुख व्यक्ति थे। १७७५ से १७७६ तक फ्रैंकलिन कॉन्टिनेंटल कांग्रेस के तहत पोस्टमास्टर जनरल थे। इसके साथ ही वे सुप्रीम एक्सिक्यूटिव काउंसिल ऑफ पेंसिल्वेनिया के अध्यक्ष भी रहे। शिक्षा के क्षेत्र में पेंसिल्वेनिया यूनिवर्सिटी की स्थापना में उनका महत्वपूर्ण योगदान रहा है। वे अमेरिकी फिलॉसिफिकल सोसायटी के पहले अध्यक्ष भी चुने गए थे।

१७६५ में जब स्टाम्प अधिनियम को जारी करवाया गया, तब लोगों ने उसका भरपूर विरोध किया। लोगों की बातों को समझते हुए बेंजामिन फ्रैंकलिन ने इस अलोकप्रिय स्टाम्प अधिनियम को निरस्त करने के लिए अमेरिकी संसद पर दबाव बनाया और जनमानस के हीरो बन गए। बेंजामिन चाहे कितने भी ऊँचे पद पर पहुँचे, हमेशा सीखते रहने की आदत के कारण उन्होंने अपनी व्यस्त दिनचर्या के बावजूद फ्रेंच, इतालवी, स्पेनिश और लैटिन जैसी विदेशी भाषाओं में महारत हासिल की। नित नई बातें सीखने के लिए उनके पास हमेशा समय रहता था। कई प्रकार की अलग-अलग जिम्मेदारियाँ निभाते हुए भी 'समय नहीं है' का बहाना उन्होंने कभी नहीं दिया। समय के महत्त्व को उनके जीवन के

उदाहरण से समझते हैं।

बेंजामिन फ्रेंकलिन की किताबों की दुकान थी। एक दिन उनकी दुकान पर एक ग्राहक आया। कुछ किताबें देखने के बाद उसने दुकान के एक कर्मचारी से पूछा - इस किताब की कीमत क्या है?

कर्मचारी ने कहा, 'एक डॉलर।'

ग्राहक ने कहा, 'यह तो ज्यादा है। कुछ कम नहीं हो सकता क्या?'

कर्मचारी ने स्पष्ट कहा, 'नहीं।'

फिर ग्राहक ने पूछा, 'क्या बेन फ्रेंकलिन यहाँ हैं? मैं उनसे मिलना चाहता हूँ।'

कर्मचारी ने कहा, 'वे अभी आनेवाले हैं।'

फ्रेंकलिन के आने के बाद ग्राहक ने उनसे पूछा, 'इस किताब की कम-से-कम कीमत क्या होगी?'

फ्रेंकलिन ने कहा, 'सवा डॉलर।'

ग्राहक ने आश्चर्य से कहा, 'लेकिन आपकी दुकान के कर्मचारी ने तो इसकी कीमत एक डॉलर बताई है!'

फ्रैंकलिन ने कहा, 'उसने तो ठीक बताया है। चौथाई डॉलर मेरे समय की कीमत है।'

ग्राहक ने आग्रह किया, 'ठीक है। अब आप इसकी सही कीमत बता दीजिए।'

फ्रैंकलिन ने कहा, 'आप लेने में जितनी देर करते जाएँगे, समय का मूल्य भी इसमें जुड़ता जाएगा। इसलिए अब इस किताब की कीमत डेढ़ डॉलर है।'

ग्राहक के पास अब कोई रास्ता न था। एक डॉलर के बदले डेढ़ डॉलर देकर उसने वह किताब खरीद ली। किताब के साथ ही उसे समय का मूल्य भी समझ में आया।

समय के महत्त्व को जाननेवाले इसी बेंजामिन फ्रेंकलिन ने बुढ़ापा आने तक लेखक, प्रिंटर, राजनीतिक सिद्धांतकार, राजनेता, पोस्टमास्टर, वैज्ञानिक, संगीतज्ञ, आविष्कारक, व्यंगकार, सामाजिक कार्यकर्ता, कूटनीतिज्ञ और पर-राष्ट्र विशेषज्ञ जैसी न जाने कितनी उपाधियाँ प्राप्त कर ली थीं, जो इस बात को साफ जाहिर करता है कि वे एक बहूमुखी प्रतिभा से संपन्न व्यक्ति थे। आधुनिक अमेरिका के इस संस्थापक जनक की सच्ची प्रतिभा ही उनका वह गुण था, जो उन्हें भीड़ से अलग खड़ा करता था।

आइए, हम उनके साहस, उनके क्रांतिकारी विचार और कभी हार न माननेवाले रवैये को सलाम करें और उनके उन गुणों को ग्रहण करने का प्रयत्न करें, जिन्होंने उन्हें महान बनाया।

बेंजामिन फ्रैंकलिन का स्टैच्यू (अमेरिका, वॉशिंग्टन)

सरश्री अल्प परिचय

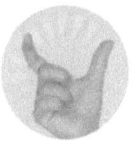

स्वीकार मुद्रा

सरश्री की आध्यात्मिक खोज का सफर उनके बचपन से प्रारंभ हो गया था। इस खोज के दौरान उन्होंने अनेक प्रकार की पुस्तकों का अध्ययन किया। अपने आध्यात्मिक अनुसंधान के दौरान उन्होंने लगभग सभी ध्यान पद्धतियों का भी अभ्यास किया। उनकी इसी खोज ने उन्हें कई वैचारिक और शैक्षणिक संस्थानों की ओर बढ़ाया। जीवन का रहस्य समझने के लिए **उन्होंने एक लंबी अवधि तक मनन करते हुए अपनी खोज जारी रखी, जिसके अंत में उन्हें आत्मबोध प्राप्त हुआ।** आत्मसाक्षात्कार के बाद उन्होंने जाना कि **अध्यात्म का हर मार्ग जिस कड़ी से जुड़ा है वह है– समझ (अंडरस्टैण्डिंग)।** उसके बाद उन्होंने अपने तत्कालीन अध्यापन कार्य को विराम लगाते हुए, लगभग दो दशकों से भी अधिक समय अपना समस्त जीवन मानवजाति के कल्याण और उसके आध्यात्मिक विकास हेतु अर्पण किया है।

सरश्री कहते हैं, 'सत्य के सभी मार्गों की शुरुआत अलग-अलग प्रकार से होती है लेकिन सभी के अंत में एक ही समझ प्राप्त होती है। **'समझ' ही सब कुछ है और यह 'समझ' अपने आपमें पूर्ण है।** आध्यात्मिक ज्ञान प्राप्ति के लिए इस 'समझ' का श्रवण ही पर्याप्त है।' इसी समझ को उजागर करने के लिए उन्होंने आज तक **तीन हज़ार से अधिक आध्यात्मिक विषयों पर प्रवचन दिए हैं,** जिनके द्वारा वे अध्यात्म की गहरी संकल्पनाएँ सीधे और व्यावहारिक रूप में समझाते हैं। समाज के हर स्तर का इंसान सरश्री द्वारा बताई जा रही समझ का लाभ ले सकता है।

यह समझ हरेक को अपने अनुभव से प्राप्त हो इसलिए सरश्री ने **'महाआसमानी परम ज्ञान शिविर'** और उसके लिए आवश्यक कार्यप्रणाली (सिस्टम) की रचना की है, **जिसका लाभ लाखों खोजी ले रहे हैं।** यह व्यवस्था आय.एस.ओ. (ISO 9001:2015) प्रमाणित है, जिसने अनेक लोगों को सत्य की राह पर चलने की प्रेरणा दी है। इसी समझ के प्रचार और प्रसार के लिए उन्होंने 'तेजज्ञान फाउण्डेशन' नामक आध्यात्मिक संस्था की नींव रखी है। इस संस्था का मुख्य उद्देश्य है- **'हॅपी थॉट्स द्वारा उच्चतम विकसित समाज का निर्माण'**।

विश्व का हर इंसान आज सरश्री के मार्गदर्शन का लाभ ले सकता है, जिसके लिए किसी भी धर्म, जाति, उपजाति, वर्ण, पंथ, रंग या लिंग का बंधन नहीं है। विश्व के हर कोने में बसे लोग आज तेजज्ञान की इस अनूठी ज्ञान प्रणाली (System for Wisdom) का लाभ ले रहे हैं। इस व्यवस्था के एक हिस्से के रूप में **लाखों लोग रोज़ सुबह और रात को ९ बजकर ९ मिनट पर विश्व शांति के लिए प्रार्थना करते हैं।**

सरश्री को **बेस्टसेलर पुस्तक 'विचार नियम' श्रृंखला के रचनाकार** के रूप में भी जाना जाता है, जिसकी **१ करोड़ से ज़्यादा प्रतियाँ केवल ५ सालों** में वितरित हो चुकी हैं। इसके अलावा उन्होंने विविध विषयों पर **१५० से अधिक पुस्तकों का लेखन** किया है, जिनमें से 'विचार नियम', 'स्वसंवाद का जादू', 'स्वयं का सामना', 'स्वीकार का जादू', 'निर्णय और ज़िम्मेदारी', 'निःशब्द संवाद का जादू', 'संपूर्ण ध्यान' आदि पुस्तकें बेस्टसेलर बन चुकी हैं। ये पुस्तकें दस से अधिक भाषाओं में अनुवादित की जा चुकी हैं और प्रमुख प्रकाशकों द्वारा प्रकाशित की गई हैं, जैसे पेंगुइन बुक्स, जैको बुक्स, मंजुल पब्लिशिंग हाऊस, प्रभात प्रकाशन, राजपाल ऍण्ड सन्स, पेंटागॉन प्रेस, सकाळ प्रकाशन इत्यादि।

तेजज्ञान फाउण्डेशन – परिचय

तेजज्ञान फाउण्डेशन आत्मविकास से आत्मसाक्षात्कार प्राप्त करने का एक रास्ता है। इसके लिए सरश्री द्वारा एक अनूठी बोध पद्धति (System for Wisdom) का सृजन हुआ है। इस पद्धति को अन्तर्राष्ट्रीय मानक ISO 9001:2015 के आवश्यकताओं एवं निर्देशों के अनुरूप ढालकर सरल, व्यावहारिक एवं प्रभावी बनाया गया है।

इस संस्था की बोध पद्धति के विभिन्न पहलुओं (शिक्षण, निरीक्षण व गुणवत्ता) को स्वतंत्र गुणवत्ता परीक्षकों (Quality Auditors) द्वारा क्रमबद्ध तरीके से जाँचा गया। जिसके बाद इन पहलुओं को ISO 9001:2015 के अनुरूप पाकर, इस बोध पद्धति को प्रमाणित किया गया है।

फाउण्डेशन का लक्ष्य आपको नकारात्मक विचार से सकारात्मक विचार की ओर बढ़ाना है। सकारात्मक विचार से शुभ विचार यानी हॅपी थॉट्स (विधायक आनंदपूर्ण विचार) और शुभ विचार से निर्विचार की ओर बढ़ा जा सकता है। निर्विचार से ही आत्मसाक्षात्कार संभव है। शुभ विचार (Happy Thoughts) यानी यह विचार कि 'मैं हर विचार से मुक्त हो जाऊँ।' शुभ इच्छा यानी यह इच्छा कि 'मैं हर इच्छा से मुक्त हो जाऊँ।'

ज्ञान का अर्थ है सामान्य ज्ञान लेकिन तेजज्ञान यानी वह ज्ञान जो ज्ञान व अज्ञान के परे है। कई लोग सामान्य ज्ञान की जानकारी को ही ज्ञान समझ लेते हैं लेकिन असली ज्ञान और जानकारी में बहुत अंतर है। आज लोग सामान्य ज्ञान के जवाबों को ज़्यादा महत्त्व देते हैं। उदाहरण के तौर पर कर्म और भाग्य, योग और प्राणायाम, स्वर्ग और नर्क इत्यादि। आज के युग में सामान्य ज्ञान प्रदान करनेवाले लोग और शिक्षक कई मिल जाएँगे मगर इस ज्ञान को पाकर जीवन में कोई बड़ा परिवर्तन नहीं होता। यह ज्ञान या तो केवल बुद्धि विलास है या फिर अध्यात्म के नाम पर बुद्धि का व्यायाम है।

सभी समस्याओं का समाधान है– तेजज्ञान। भय से मुक्ति, चिंतारहित व क्रोध से आज़ाद जीवन है– तेजज्ञान। शारीरिक, मानसिक, सामाजिक,

आर्थिक और आध्यात्मिक उन्नति के लिए है- तेजज्ञान। तेजज्ञान आपके अंदर है, आएँ और इसे पाएँ। यदि आप ऐसा ज्ञान चाहते हैं, जो सामान्य ज्ञान के परे हो, जो हर समस्या का समाधान हो, जो सभी मान्यताओं से आपको मुक्त करे, जो आपको ईश्वर का साक्षात्कार कराए, जो आपको सत्य पर स्थापित करे तो समय आ गया है तेजज्ञान को जानने का। समय आ गया है शब्दोंवाले सामान्य ज्ञान से उठकर तेजज्ञान का अनुभव करने का।

अब तक अध्यात्म के अनेक मार्ग बताए गए हैं। जैसे जप, तप, मंत्र, तंत्र, कर्म, भाग्य, ध्यान, ज्ञान, योग और भक्ति आदि। इन मार्गों के अंत में जो समझ, जो बोध प्राप्त होता है, वह एक ही है। सत्य के हर खोजी को अंत में एक ही समझ मिलती है और इस समझ को सुनकर भी प्राप्त किया जा सकता है। उसी समझ को सुनना यानी तेजज्ञान प्राप्त करना है। तेजज्ञान के श्रवण से सत्य का साक्षात्कार होता है, ईश्वर का अनुभव होता है। यही तेजज्ञान सरश्री महाआसमानी परम ज्ञान शिविर में प्रदान करते हैं।

महाआसमानी परम ज्ञान
शिविर परिचय और लाभ (निवासी)

क्या आपको उच्चतम आनंद पाने की इच्छा है? ऐसा आनंद, जो किसी कारण पर निर्भर नहीं है, जिसमें समय के साथ केवल बढ़ोतरी ही होती है। क्या आप इसी जीवन में प्रेम, विश्वास, शांति, समृद्धि और परमसंतुष्टि पाना चाहते हैं? क्या आप शारीरिक, मानसिक, सामाजिक, आर्थिक और आध्यात्मिक इन सभी स्तरों पर सफलता हासिल करना चाहते हैं? क्या आप 'मैं कौन हूँ' इस सवाल का जवाब अनुभव से जानना चाहते हैं।

यदि आपके अंदर इन सवालों के जवाब जानने की और 'अंतिम सत्य' प्राप्त करने की प्यास जगी है तो तेजज्ञान फाउण्डेशन द्वारा आयोजित 'महाआसमानी परम ज्ञान शिविर' में आपका स्वागत है। यह शिविर पूर्णतः सरश्री की शिक्षाओं पर आधारित है। सरश्री आज के युग के आध्यात्मिक

गुरु और 'तेजज्ञान फाउण्डेशन' के संस्थापक हैं, जो अत्यंत सरलता से आज की लोकभाषा में आध्यात्मिक समझ प्रदान करते हैं।

महाआसमानी परम ज्ञान शिविर का उद्देश्य :

इस शिविर का उद्देश्य है, 'विश्व का हर इंसान 'मैं कौन हूँ' इस सवाल का जवाब जानकर सर्वोच्च आनंद में स्थापित हो जाए।' उसे ऐसा ज्ञान मिले, जिससे वह हर पल वर्तमान में जीने की कला प्राप्त करे। भूतकाल का बोझ और भविष्य की चिंता इन दोनों से वह मुक्त हो जाए। हर इंसान के जीवन में स्थायी खुशी, सही समझ और समस्याओं को विलीन करने की कला आ जाए। मनुष्य जीवन का उद्देश्य पूर्ण हो।

'मैं कौन हूँ? मैं यहाँ क्यों हूँ? मोक्ष का अर्थ क्या है? क्या इसी जन्म में मोक्ष प्राप्ति संभव है?' यदि ये सवाल आपके अंदर हैं तो महाआसमानी परम ज्ञान शिविर इसका जवाब है।

महाआसमानी परम ज्ञान शिविर के मुख्य लाभ :

इस शिविर के लाभ तो अनगिनत हैं मगर कुछ मुख्य लाभ इस प्रकार हैं-

* जीवन में दमदार लक्ष्य प्राप्त होता है।
* 'मैं कौन हूँ' यह अनुभव से जानना (सेल्फ रियलाइजेशन) होता है।
* मन के सभी विकार विलीन होते हैं।
* भय, चिंता, क्रोध, बोरडम, मोह, तनाव जैसी कई नकारात्मक बातों से मुक्ति मिलती है।
* प्रेम, आनंद, मौन, समृद्धि, संतुष्टि, विश्वास जैसे कई दिव्य गुणों से युक्ति होती है।
* सीधा, सरल और शक्तिशाली जीवन प्राप्त होता है।
* हर समस्या का समाधान प्राप्त करने की कला मिलती है।

* 'हर पल वर्तमान में जीना' यह आपका स्वभाव बन जाता है।
* आपके अंदर छिपी सभी संभावनाएँ खुल जाती हैं।
* इसी जीवन में मोक्ष (मुक्ति) प्राप्त होता है।

महाआसमानी परम ज्ञान शिविर में भाग कैसे लें?

इस शिविर में भाग लेने के लिए आपको कुछ खास माँगें पूरी करनी होती हैं। जैसे-

१) आपकी उम्र कम से कम अठारह साल या उससे ऊपर होनी चाहिए।

२) आपको सत्य स्थापना शिविर (फाउण्डेशन ट्रुथ रिट्रीट) में भाग लेना होगा, जहाँ आप सीखेंगे- वर्तमान के हर पल को कैसे जीया जाए और निर्विचार दशा में कैसे प्रवेश पाएँ।

३) आपको कुछ प्राथमिक प्रवचनों में उपस्थित होना है, जहाँ आप बुनियादी समझ आत्मसात कर, महाआसमानी परम ज्ञान शिविर के लिए तैयार होते हैं।

यह शिविर एक या दो महीने के अंतराल में आयोजित किया जाता है, जिसका लाभ हज़ारों खोजी उठाते हैं। इस शिविर की तैयारी आप दो तरीके से कर सकते हैं। पहला तरीका- मनन आश्रम (पूना) में पाँच दिवसीय निवासी शिविर में भाग लेकर, दूसरा तरीका- तेजज्ञान फाउण्डेशन के नजदीकी सेंटर पर सत्य श्रवण द्वारा। जैसे- पुणे, मुंबई, दिल्ली, सांगली, सातारा, जलगाँव, अहमदाबाद, कोल्हापुर, नासिक, अहमदनगर, औरंगाबाद, सूरत, बरोडा, नागपुर, भोपाल, रायपुर, चेन्नई, वर्धा, अमरावती, चंद्रपुर, यवतमाल, रत्नागिरी, लातूर, बीड, नांदेड, परभणी, पनवेल, ठाणे, सोलापुर, पंढरपुर, अकोला, बुलढाणा, धुले, भुसावल, बैंगलोर, बेलगाम, धारवाड, भुवनेश्वर, कोलकत्ता, राँची, लखनऊ, कानपुर, चंदीगढ़, जयपुर, पणजी, म्हापसा, इंदौर, इटारसी, हरदा, विदिशा, बुरहानपुर।

इनके अतिरिक्त आप महाआसमानी की तैयारी फाउण्डेशन में उपलब्ध सरश्री द्वारा रचित पुस्तकें या यू ट्यूब के संदेश सुनकर भी कर सकते

हैं। मगर याद रहे ये पुस्तकें, यू ट्यूब के प्रवचन शिविर का परिचय मात्र है, तेजज्ञान नहीं। आप महाआसमानी परम ज्ञान शिविर में भाग लेकर ही तेजज्ञान का आनंद ले सकते हैं। आगामी महाआसमानी परम ज्ञान शिविर में अपना स्थान आरक्षित करने के लिए संपर्क करें : 09921008060/75, 9011013208

महाआसमानी परम ज्ञान शिविर स्थान :

यह शिविर पुणे में स्थित मनन आश्रम पर आयोजित किया जाता है। इस शिविर के लिए भोजन और रहने की व्यवस्था की जाती है। यदि आपको कोई शारीरिक बीमारी है और आप नियमित रूप से दवाई ले रहे हैं तो कृपया अपनी दवाइयाँ साथ में लेकर आएँ। वातावरण अनुसार गरम कपड़े, स्वेटर, ब्लैंकेट आदि भी लाएँ। 'मनन आश्रम' पुणे शहर के बाहरी क्षेत्र में पहाड़ों और निसर्ग के असीम सौंदर्य के बीच बसा हुआ है। इस आश्रम में पुरुषों और महिलाओं के लिए अलग-अलग, कुल मिलाकर 700 से 800 लोगों के रहने की व्यवस्था है। यह आश्रम पुणे शहर से 17 किलो मीटर की दूरी पर है। हवाई अड्डा, हाइवे और रेल्वे से पुणे आसानी से आ-जा सकते हैं।

पुस्तकें प्राप्त करने के लिए नीचे दिए गए पते पर मनीऑर्डर द्वारा पुस्तक का मूल्य भेज सकते हैं। पुस्तकें रजिस्टर्ड, कुरियर अथवा वी.पी.पी. द्वारा भेजी जाती हैं। पुस्तकों के लिए नीचे दिए गए पते पर संपर्क करें।

WOW Publishings Pvt. Ltd.

* रजिस्टर्ड ऑफिस – इ- 4, वैभव नगर, तपोवन मंदिर के नज़दीक, पिंपरी, पुणे – 411017

* पोस्ट बॉक्स नं. 36, पिंपरी कॉलोनी पोस्ट ऑफिस, पिंपरी, पुणे – 411017 फोन नं.: 09011013210 / 9146285129

आप ऑन-लाइन शॉपिंग द्वारा भी पुस्तकों का ऑर्डर दे सकते हैं।

लॉग इन करें – www.gethappythoughts.org

500 रुपयों से अधिक पुस्तकें मँगवाने पर 10% की छूट और फ्री शिपिंग।

वॉव पब्लिशिंगस् द्वारा प्रकाशित पुस्तकें

विचार नियम

आपकी कामयाबी का रहस्य

क्या हम सभी आंतरिक शांति को तलाश रहे हैं?

क्या हम अपने जीवन में आंतरिक शांति और स्थायी पूर्णता की चाहत रखते हैं? साथ ही हमें बेशर्त प्रेम और आनंद की तलाश रहती है। परंतु यह संभव नहीं लगता क्योंकि रोज़मर्रा के जीवन में चुनौतियों में हम उलझकर रह जाते हैं।

क्या हम सभी सांसारिक सफलता पाने की चाहत रखते हैं?

हम सभी संपन्न जीवन का आनंद लेना चाहते हैं। एक ऐसा जीवन जहाँ रिश्तों में भरपूर ताल-मेल और अपनापन हो, आर्थिक स्वतंत्रता हो और उत्तम स्वास्थ्य हो। हम सभी अपने काम में रचनात्मक और उत्पादक बनकर सर्वोत्तम परिणाम हासिल करने की चाह रखते हैं। लेकिन ये सब हासिल करने की कीमत हमें अपनी आंतरिक शांति खोकर चुकानी पड़ती है...

खुशखबर यह है कि अब हमें दोनों प्राप्त हो सकते हैं!

'विचार नियम' पुस्तक के ज़रिए –

- अपने आंतरिक और बाहरी जीवन में ताल-मेल बिठाएँ।
- अपनी इच्छानुसार शांत और स्थिर महसूस करें।
- विचारों के पार जाकर अपने 'असली अस्तित्व' को पहचानें, जो आपकी मूल अवस्था है।
- विचार नियमों को अपने जीवन में उतारें ताकि आप अपनी उच्चतम संभावना की ओर सहजता से आगे बढ़ पाएँ।
- मौनायाम की अवस्था में रहकर प्रेम, आनंद, करुणा, भरपूरता व रचनात्मकता जैसे गुणों को अपने अंदर से प्रकट होने का मौका दें।

आइए, बीस लाख से भी अधिक पाठकों के समूह में शामिल हो जाएँ, जिन्होंने विचारों के ७ शक्तिशाली नियमों तथा मत्रों द्वारा आंतरिक शांति और सफलता हासिल की है।

विश्वास नियम
सर्वोच्च शक्ति के सात नियम

आपका मोबाइल तो अप टू डेट है परंतु क्या आपका विश्वास अप टू डेट है? क्या आपका आज का विश्वास आपको अंतिम सफलता की राह पर बढ़ा रहा है? यदि उपरोक्त सवालों के जवाब 'नहीं' हैं तो आपको विश्वास नियम की आवश्यकता है। विश्वास नियम आपके विश्वास को बढ़ाकर उसे अप टू डेट करता है।

'विश्वास' ईश्वर द्वारा दी हुई वह देन है– जो हमारे स्वास्थ्य, रिश्ते, मनशांति, आर्थिक समृद्धि एवं आध्यात्मिक उन्नति में चार चाँद लगाता है। आइए, इस शक्ति का चमत्कार अपने जीवन ये देखें और 'सब संभव है' इस पंक्ति का प्रत्यक्ष अनुभव लें।

इस पुस्तक में दिए गए सात विश्वास नियम ऊर्जा का असीम भंडार हैं। ये आपके जीवन की नकारात्मकता हटाकर, आपको सकारात्मक ऊर्जा से लबालब भर देंगे। जीवन के हर स्तर पर आपकी मदद करेंगे। इसलिए यह पुस्तक इस विश्वास के साथ पढ़ें कि 'अब सब संभव है' और जानें...

* विश्वास की शक्ति से जो चाहें वह कैसे पाएँ
* विश्वास को वाणी में लाकर जीवन को कैसे बदलें
* विश्वासघात पर मात पाकर विश्व के लिए नया उदाहरण कैसे बनें
* अपने भीतर छिपे हर अविश्वास को विश्वास में रूपांतरित करके विकास की ओर कैसे बढ़ें
* हर समस्या का समाधान कैसे खोजें
* विश्वास द्वारा संपूर्ण सफलता कैसे पाएँ

विकास नियम
आत्मविकास द्वारा संतुष्टि पाने का राज़

विकास नियम हमारे चारों ओर काम कर रहा है। फिर चाहे वह शरीर का विकास हो, बुद्धि का विकास हो, शहर या देश का विकास हो। यह नियम तो एक बुनियादी नियम है; यह पूर्णता की चाहत है। आइए, इस पुस्तक द्वारा विकास नियम को अपना आदर्श बना दें और विकास की नई ऊँचाइयों को छू लें।

विकास नियम हर इंसान और वस्तु में छिपी संभावनाओं को प्रकट करने का नियम है। यह आपकी संपूर्ण संतुष्टि की चाहत को पूरा करता है। इस नियम के जरिए जान लें जो अब आपके सामने है।

- विकास नियम का महा मंत्र क्या है?
- विकास की शुरुआत कैसे और कहाँ से करें?
- विकास का विकल्प कैसे चुनें?
- विकास पर सदा अपनी नजर कैसे टिकाए रखें?
- आत्मविकास के स्वामी कैसे बनें?
- इंसान की अंतिम विकास अवस्था क्या है?
- स्वयं को और अपने मन की जमाई सोच को कैसे जानें?

विकास नियम के पन्नों में छिपे हैं, ऐसे कई सवालों के सरल जवाब, जिन्हें पढ़ना शुरू करें आज से, याद से…।

असफलता का मुकाबला

काबिलीयत रहस्य

- 'क्या आपको कभी असफलता फली है?'

१. जी हाँ, सफलता ही असफलता का फलित रूप है लेकिन इंसान इसे तब तक मानने से इंकार करता है, जब तक सफलता न मिले।

- 'क्या पैसा, पद, शोहरत प्राप्त न कर पाना ही असफलता है?'

२. पैसा, पद, शोहरत हासिल न कर पाना असफलता नहीं है बल्कि अपना हौसला खो देना असफलता है।

- 'क्या यह संभव है कि असफलता ही सफलता की राह का बल बन जाए?'

३. असफलता ही सफलता की राह का बल बन सकती है। इतिहास ऐसे उद-ाहरणों से भरा है, जब असफलता पाकर इंसान और भी अधिक संकल्पबद्ध होकर कामयाब हुआ है।

- 'क्या असफलता में भी कोई खूबी छिपी होती है?'

४. असफलता की खूबसूरती कुछ यूँ है कि उसमें इंसान की सारी गलतियाँ भस्म हो जाती हैं और वह अपने भीतर धीरज, विश्वास और काबिलीयत का संवर्धन कर, असफलता से मुकाबला करने के लिए स्वयं को तैयार कर पाता है।

- 'क्या निराशा और असफलता, अंतिम सफलता के आधार स्तम्भ हैं?'

५. अंतिम सफलता तक पहुँचने के लिए निराशा का धक्का वरदान है। असफलता से मुकाबला करने का हौसला है यह पुस्तक... जिसे पढ़कर आपके भीतर असफलता का एक नया अर्थ जन्म लेगा। तब सही मायने में असफलता फलित होकर सफलता के शिखर को छू पाएगी। जहाँ सफल-ता-असफलता विरोधी न होकर, एक दूसरे के पूरक होंगे।

तेजज्ञान फाउण्डेशन – मुख्य शाखाएँ

पुणे (रजिस्टर्ड ऑफिस) – विक्रांत कॉम्प्लेक्स, तपोवन मंदिर के नज़दीक, पिंपरी, पुणे-४११०१७. फोन : 020-27411240, 27412576

मनन आश्रम – सर्वे नं. ४३, सनस नगर, नांदोशी गाँव, किरकटवाडी फाटा, तहसील – हवेली, जिला- पुणे - ४११ ०२४. फोन : 09921008060

e-books in English

• The Source • Celebrating Relationships • The Miracle Mind • Everything is a Game of Beliefs • Who am I now • Beyond Life • The Power of Present • Freedom from Fear Worry Anger • Light of grace • The Source of Health and many more.

e-books in Hindi

• Vichar Niyam • Vishwas Niyam • Vikas Niyam • Dhyan Niyam • Rishton me Nayee Roshani • Kshama ka Jadoo • Mrityu Uparant Jeevan • Swayam ka Samna • Samay Niyojan ke Niyam • Prarthana Beej • Mann ka Vigyan • Neev 90 • Sampurn Prashikshan and many more.

Other E-books available at www.gethappythoughts.org

e-mail

mail@tejgyan.com

website

www.tejgyan.org, www.gethappythoughts.org

Free apps

U R Meditation & Tejgyan Internet Radio on all platforms like Android, iPhone, iPad and Amazon

e-magazines

'Yogya Aarogya' & 'Drushtilakshya' emagazines available on www.magzter.com

– नम्र निवेदन –

विश्व शांति के लिए लाखों लोग प्रतिदिन
सुबह और रात ९ बजकर ९ मिनट पर प्रार्थना करते हैं।
कृपया आप भी इसमें शामिल हो जाएँ।

www.ingramcontent.com/pod-product-compliance
Lightning Source LLC
LaVergne TN
LVHW041220080526
838199LV00082B/1340
* 9 7 8 9 3 8 7 6 9 6 2 8 0 *